できれば航海日誌

堀野良平　著

KAIBUNDO

目次●できれば航海日誌

プロローグ

カラス

朝早くからカラスがうるさい。近くの電信柱か、ひょっとしたら我が家の屋根の上にもいるのかもしれない。もう何年も前からいて「親分」と一家の主が呼んでいる一団のボスは、少し離れたところで差配をしているのか声が遠い。

年老いた主は明日、心臓カテーテル検査のために循環器科へ入院する。血管が細くなっているので何か差し込んで太くするらしい。よく家にお茶を飲みに来る近所の奥さんに言わせれば、よくそんな怖いことをするねということになる。不精な医者がこちらの度重なる訴えに重い腰を上げて最初の検査をしたところ、相当痛んでいて死に至る病かもしれぬと今度のことになったのだが、どうも朝早くから（関西の言葉で言えば）げんくそが悪いので、まだ暗かったが起きることにした。

その家に死人かご臨終の近い人間がいると屋根にカラスが来て鳴くと昔は言ったものだ。

『戸田家の兄弟』だったと思うが、屋根の上に来たカラスが激しく鳴いて、娘の高峰三枝子が嫌がる顔で廊下から夜空を見上げて、明くる朝、父親は死ぬ。父親役は藤野某――××十字の薬にかかわって騒がれた大学教授に似た俳優だった。

威張る怒る拗ねるのスネール氏の次に嫌いだった何とか十字のガンジーに似た爺さんも死んでしまったから、もうボツボツこちらもいいのだが、催促されては見過ごすわけにはいかない。勢い半分しぶしぶ半分で起きることにした。

入院

年寄りがこんな所に登場するものではないのだが、パソコンに駄文を打ち込んで遊んでいると、若い女（ばかりでなく男もいる）たちが仲間に入れてくれて、がやがや覗き込んで勝手にホームページを立ち上げて、いろんな名目を書き加えて後、もっとドンドン書かなきゃダメだよと言う。

書くことなんか無いと渋っても、何十年も船に乗って世界で悪いことをしてきたんだから書くことは一杯あるはずだと言う。死にかかっているのだから美人一人は置いておきたかったが、みんな追い返した。それから入院した。

長いあいだ命がけで働いてきたんだから個室だよと嫁さんに強要して、いい部屋に入った。前に書いたカラスとは一ときお別れだ。今に見ておれ。

手術検査等の名称は経皮的冠血管形成術とあり、ステントを病変部まで持っていって血管を拡張するとの説明書をベッドで読んでいると、若い先生が入ってきて私がやりますと言って同意書の説明を始めた。重大な合併症—輸血を必要とする出血（〇・〇五％）、脳梗塞（〇・〇六％）、狭心症（〇・〇六％）等々あり、死亡ゼロ％とありますがそうでもない云々。恐ろしい。

紅顔のハキハキした物言いの美青年、外来の愛想の悪い中年よりよほど人格は上だ。若い頃の我が輩もこれくらいの品格はあったかもしれないが、海の上ばかりで、認めるひと皆無のまま年月は流れ老いた。

先生

コンテナ船が登場する以前、戦争が終わった後の日本にはボロの貨物船しかなく、国外へ航行することは許されないで、国の周りだけ虚脱した趣で少しの荷物を積んで船も船乗りも、のたりと動いていた。やがて外国へ行ける時代がやってきたが、戦時標準型と称するお粗末な船では速力十五キロくらいで、インドへ行って石炭を積んで帰ってくるのに三か月以上かかった。戦後、新しい貨物船がつくられアメリカやヨーロッパへの航路が開かれる。十二人までの旅客室があって、海外旅行が可能になる以前、エリート（？）の男女留学生、画家、文学者たちがイギリスやフランス、北欧へ出かけるようになる。日本人のまだほとんどいない彼の地で挫折した若い彼女たちを見かけたこともある。

欧州航路の高速の新造船でも往復三か月はかかった。一航海分の食料を最後の日本の港で積み込む。野菜庫の中で野菜の葉っぱは日増しに黄色くなり、冷凍の魚の目は虚ろになる。黄色い菜っ葉も在庫が限られているから捨てるわけにはいかない。日曜ごとに出る刺身は向こうが透けて見えるほど薄くて水っぽい。外地で少々は補給するが、先進国では高価、後進国ではお粗末。それに仕入の個人的な魅力も無いはず。だから手を加える料理の味付けが毎度濃くなる。船客には満足してもらえるものを提供しているのだから、材料はいいところばかり使っていたのだろう。

このように、どの船でも料理の味付けが濃い。雲丹や海苔の瓶詰、たまに欧州の港の近くの朝市で買ってくる野菜（船の料理は食えぬのかと、ときにはフケ飯を食わされたに違いないのだが）、そんなものばかり食べて偏った食生活を長年続けたせいか慢性のジンマシンになってしまった。休暇の度に病院を巡ったが原因不明、『家庭の医学』には難治とある。病院では長く待たされるので、何年か前、近所の空いている皮膚科の医院にやってきた。

「老人性皮膚乾燥カイカイ病」。ズボンの裾をまくって先生が威勢よく言った。

そうではなくて昔から云々と語らうのを無視して立ち上がり、手を洗ってどこかへ行ってしまった。うるさい奴と敬遠されたらしい。看護婦さんが塗り薬をくれる。やることはやってくれているのだから無言で退散。

今回が二度目。

「シミだと思いますが悪性だったらと思いまして」

こっちの言葉なんかどうでもいいと、人の顔を手荒く横に向け、つまらなさそうに見ていたが、年を取れば誰だってシミは出てくるよと、同性の老人の患者など物でしかないような物言い。

「先生、あんたあまり出てませんな」

「一緒にしてくれるな」

後の言葉が続かない。

近頃、性感染症科の患者が多いという。婦人科だけでなく皮膚科にも病人は来るだろう。若い女の子がやってきたら先生はどんなを顔をするのか。決して本業を離れてしまった渡辺さんみたいににやけた風情にはならないだろう。

先生はこの前と同じように黙って向こうへ行ったが、今度はやり放すのでなく、小さなバケツに何か薬を入れて掻き回していたが、蒸気みたいのが立ち上って、戻ってきてガラスの棒の先につけた薬をシミにこすりつけて、一言「凍らす」と言った。
二、三日してシミは落ちた。御礼に行こうかと思ったが、止める。

good-bye

「あれ××さんにあげたの、いつだったかなあ」
「××さんなんて知りませんよ」

嫁さんとの会話。あれが何であるか、なかなか言葉が出てこない。××さんも見当違い。そんなひと知りませんよ、何をあげたんですかまで行ってしまう。同輩に聞けばボケは同様に進んでいるようだから、まずは致し方ないと思うよりイタシカタナイ。そんなに頭の中がゆっくり回転しているのに、どうして何十年むかしのことを覚えているのか自分でも不思議だ。メモ程度の日記はあるが、格好いいことを言えば誰かの詩のように「遠い日はメタルの浮き彫りの絵のように」記憶に残っているのだろう。多少脚色して物語をあとでまた続けることにして、今一度カラスのところに戻らせていただく。

生きながらえて帰ってきて二、三日すると、親分はひとりでやってきて近くの電柱のてっぺんでカーと一声鳴いた。カラス、力及ばず引導渡せなかったのを恥じてか、子分の明けカラスも三本足のヤタカラスも連れていない。熊野権現にお参りにでも行ったのか。

顧みれば親分との付き合いも二十年以上に及ぶ。いつの時代からボスになったのか記憶はないが、ゴミにネットを被せるようになる以前、道一杯に食い散らかして、暇なおとっつぁんがみっともない格好をして野郎どもと追い払いに行くと、群れを守って立ち向かってきた。黒い顔の中の小さい黒い眼だから、その都度どんな目つきをしていたか分からないが、身軽にステップを踏んで奇声を上げて、闘争心を横溢させていたに違いない。負けて一群退き上げるときもあったが、ごついクチバシで迫られてこちらが退散するときもある。こんな不味いのは食えねえぞとお隣りのお粗末なるお惣菜は遠くに振り投げ、僕の上等な食べ残しに群がる。ゴミ収集車は散らかったものは無視、踏みつけて行ってしまう。

たまに休暇で帰って、誰もやらぬならと甥っ子から玩具のピストルを長期間借りることにして、さて電柱にとまっているのを打ち始めたが上までは届かない。バカじゃなかろうかと武者震いをして見下ろしている。もっと強力なのはないかと遍歴したが、店員は異常なる男を見る目つき。

三等航海士のとき、港の荷役の監督をやっていたその筋の兄さんにドイツでガスピストルを買ってきてくれとカタログを見せられたが、会社をクビになるのは嫌だから断った。どくとるマンボウは買ってきたが海に捨てたと言っているが、貴重なる品、捨てるはずはない。ハンブルクの電話バーの女と一緒に店を出たが、酔っ払っていて明くる朝まで何をしたか覚えてないとも言う。近頃は本当にそうなっているかも知れない。ピストルは買っておくべきであったと何年も黒い奴らを見上げたものだ。

もう網が被せてあって食えないのだから来ることは意味がないのにと、今日は親分の代理で来たらしい三下の声を我慢して聞いていると、遠い友人より電話あり。人伝に小生の駄文が出ていると聞いて連絡してきたらしい。カラスを飼って二十年になると言う。バカじゃなかろうか。奥さんに代わったので詳しく話を聞くことにする。湊川神社の裏の森を歩いていたところ樹の上からカラスの子供が落ちてきた。持って帰って以来飼っている。

「ガアガアうるさく鳴きませんか」「鳴きません」

「何か芸をしませんか」「可愛がって育てたので何もできません」

他のカラスが来てもそ知らぬ顔。年を取ったせいか声もか細く、腹が減ったときだけ鳴くそうな。

大学教授の息子が厳しい親の指導に反発して家に火をつけ母親と弟たちを殺してしまう。

一方、小さい頃ろくに親にかまってもらえず、おなかをすかし、汚い格好でいたという若い母親。自分がされたように子供にあたり、隣の子まで道連れにして殺してしまう。もちろん誰もがこの母親のようになるのではなくて、橋の上から川に投げ捨てられた女の子はいい子だったと涙を誘ったが。

友人の奥さんと話をして考えてしまった。別にカラスを調教しようと考えているわけではないが、気にし過ぎているのではないか。毎日毎日あたまの上で騒がれても、石原慎太郎のごとき権力なかりせば、心頭滅却せねばならぬ。

船長を卒業して水先案内人という仕事につき、毎日通勤が始まった。プラットホームに痰を吐く奴がいると、おまえ家の庭でそんなことをやるかと聞く。股を拡げて座席に座っているのがいると、インキンタムシかと聞く。チョット強そうな相手の場合、今かばんの中に短刀をもっているが頭の皮を剥いでやろうかと、アメリカインディアンの勇姿を思って言う。列を乱して乗ろうとする不良多数の女子高校生の一団には、おまえらこの電車には乗るなと追い払う。人のいない、空気の澄んだ海から日本の国に上がってきて、なんという汚い、人の心の乱れた国かと思って、当分のあいだ見るに見かねてそんな行動を繰り返していた。

仕事をやめて外出する機会が少なくなって、人間から離れ蟄居して野鳥と対決しているありさまは、近所の奥さんが見れば相当の変人と思われているに違いないと気にしてか、家人はいい加減にしなさいとカラスの声に当主が構える度に言う。二十年も付き合っている人もいるのだ。おまえは間違っている。元々このあたり樹の茂った丘の上、あいつらの縄張りだったのだ。

鳥と比べて申し訳ないが、厳しくするのがいいのか、放っておくのがいいのか。人と疎遠になって、たかが鳥にかかわり過ぎたようだ。鳴こうが喚こうが、おさらばだ。

〔追記〕

石原知事がカラスの数を半分に減らすと言っている東京都で、ラードを与えてカラスを餌付けしている博士がいるらしい。学者と文筆家には変わった人が多いから、致し方ないのか。

ロンドン塔のカラスが減っているという。思念と死の臭いに飽きて、潮風に吹かれにテームズ河を下っていったのか。

わが家の周辺の田舎者のカラスは行くところがないらしい。

船乗り人生、波乱の幕開け

LST Q076号—船員への第一歩

「何だって病気やカラスのことばかり書いているんですか」

『航海記』などという名前を勝手につけて立ち上げた手前、草臥れた昨今の身の上話ばかりだらだらしゃべっていられたのではこっちまで老けてしまうと思ったのか、近いのか遠いのかわからぬ関係にあるオバサンたち、文句を打ち込んできた。

「巡る港港に花が咲く薔薇が咲く
　明けりゃおさらばよー」

まだまだ続くのだが、ドイツ民謡の趣旨は世界に知れわたっていて、爺さんの昔話から艶聞を引き出し、自分の真面目な若い頃の生活からは想像することもできない、風来の女たちの生き様を鑑賞してみたかったのかもしれない。しかし世の中の底辺のお話は惨めで、港を出れば水脈の果てに捨てた方がよくて、忘れることにしている。人の不運を思い出す必要なし。

それでは少々船の話。

昭和二十四年、民営還元という言葉が出てきて、戦時中すべての船会社から徴用されて軍用に使われ、ほとんどが沈没したが何とか生き残った船舶が、船舶運営会から元の船会社に返還された。それと同時に船員も以前の所属に戻るのだが、敗戦の年から二十四年までの間の勤務状況によって復帰できない、いわゆる不良船員がいた。彼らの多くは陸の与太者が海に流れ出て運営会の配乗係を脅かして船にやって来た。戦時中に命がけで働いた船乗りではなかった。

小生が商船学校を卒業したのが敗戦の年、運営会に採用になったが乗る船がなく一年あまり捨ておかれた後、ＬＳＴ　Ｑ０７６というアメリカの軍用船への乗船通知が来た。元海軍予備生徒は任官することなく、大学への編入試験も受けず、船員への第一歩をその日踏み出した。

舷梯を上った甲板に高級船員の居住区があり、一段下は貨物槽の両脇が狭い通路で、壁際にハンモックを吊って、そこが普通船員の住まいになっていた。貨物の都合で、乗船した日から何日も停泊が続いていた。

船長は海防艦の航海長を務めた海軍中佐。後年、海上保安大学校の学長になられたと聞く。

経験がなくて、すぐに三等航海士というわけにはいかなくて員外航海士、サロンで食事のときにみなさんに挨拶するが、たいした歓迎ぶりでもなく暗い感じ。

予定が立たないのか停泊がさらに延びている一日、雪駄みたいなのをはいた若いのが食事をしている時間に入ってきて、二列のテーブルをみんなの顔をねめつけながら回って出ていった。諸氏、目を落として無言。船長はさすがに終始若造をにらんでいたが何もしない。いかなることになっているのか。歴戦のつわものが真にだらしない。

後ほどわかるのだが、彼らは（もちろん少数の人間だが）行く先の外国でものを仕入れて日本で売りさばくために乗船している闇屋、密輸を副業にしている半ばごろつきに近い仲間たち。若造は、ことの経過に、下克上の成果に興味を持って下で控えている見物人たちに己を誇示したかったのだろう。

高等商船学校で鍛えられた根性が泣く。

何度目かに来て意気揚々と引き上げるそいつを後ろから蹴り上げてやりたかったが辛抱して、通路で追いついて、おい待てと声をかけた。

振り返った兄貴は思いもよらないのが声をかけたので一瞬怯んだが、相手がわかると泣いているのか笑っているのか見当のつかない歪んだ表情をこちらに向けた。気をつけねばいけない、これは次に行動を起こす顔だと身構えたが、無言で立っている。

「何か用があるのか」

声をかけたが、新参者の根性を推し量っているのか無言。少しして、負けているのではないと虚勢を見せ引き上げてゆく。

食堂に帰って黙って飯の続きを食べはじめたが、誰もこれから起こるに違いない揉め事を予感しているのかこちらを見ない。

何とかやっていけるだろうと自分に言い聞かせる。

ナンバンからの呼び出し

スピードは出ないのに機関の音を船中に響かせ、身震いしながら76号やっと出帆した。我が門出だ。

操舵手の一人が、METU（航海士）をやってしまうとドスを砥いでいるらしいから気をつけろと当直時に伝えてきた。船匠（船大工）に木刀をつくってくれるよう頼む。浅草でぐれていた人間と後でわかるのだが、事務員の青年、何かあったらと言いに来る。

日を経てナンバン（機関部普通船員の頭）から呼び出しがあったから降りていく。食堂は広間になっていて、何列か並んだテーブルの上に毛布を座布団の大きさに畳んで四、五枚積み上げたテッペンに、顔色のどす黒いガマを押しつぶしたような風情の男があぐらをかいていた。

まさか長たる者がやくざではないだろう。連中に担がれ、己らが悪くてもMETUを痛

めつけておかないと沽券にかかわるとでも思っているに違いない。細かいやり取りは記憶に無いが

「お前ら、四貫（士官）や五貫と威張りやがるが、二貫か三貫しか値打ちはねえんだ」

と、吠えた。

有象無象がたむろしていたが無事引き上げる。戦い続くだろうと覚悟する。

何年も後になって気がつくのだが、上に反抗の気分を吹き上げていたのはこのガマだったに違いない。彼ぐらい古い船乗りだと若いころ火夫と呼ばれ、船底のエンジンルームで灼熱の火口に大きなシャベルで石炭を投げ込む労働を日夜くり返していた人間だ。

何度か石炭を燃料にしている船に乗っていたとき、四時間の当直時間中、コロッパスと呼ばれた彼らが疲れ果てた態でデッキに出てきて寝転んで涼を取り、新鮮な空気を一杯吸い込んでまた仕事場に降りてゆくのを、当直の船橋からよく目撃した。

それだけの労働に対して、船会社によっては、ボーナスは高級船員だけということもあった。戦後は平等になったが、平等になることによって力を得た感覚が横溢して、てめえら何者だ、大きな顔をするなと、海軍も滅びたから余計に当のガマはそう思っているに違いないのだ。その親分の心情がオタマジャクシに伝わってウロチョロしているのだろう。

夜、当直から戻ると船匠が作ったのでない本物の木刀がベッドの隅に置いてあった。甲板員の誰か、助けてやろうと思うのもいるのか。感謝しなければいけない。

ここで時化の中をのたりと航行している船に視点を一度移す。

串本―アメリカ水兵の魂胆

横浜から沖縄に運ぶ艇が甲板に積んであって、五人ほどのアメリカ水兵が無駄なことだと思うが乗っていて、陽気でよく騒ぎ好漢ぞろいだ。こんな青年たちと戦争などしなければよかったのにと思うが、大勢の日本人が彼らと戦って死んでいる。

時化で船足遅く、航海日数が延びそうなので、名古屋から彼らに食料を空輸、投下する旨の連絡あり、串本に針路を変更する。沖に至って錨泊。三等航海士と小生、操舵手、兵三名、小型の発動機艇で指定された浜へ向けて出発。兵たち波に揺られて陽気に歌い騒ぎ、まるで遠足。本船から離れ、こちらも解放感あり。

到着して砂浜にのし上げた途端シャフトが抜け、プロペラが回転不能となる。流されないように船首からロープを砂浜に引っ張って、操舵手に支えになる杭を松林の向こうに見える家並みへ探しに行かせていると、たちまち上空で待機していたヘリコプターが来た。

砂に寝転んでロープを確保している近くに、ボール箱を低い位置から投下しはじめる。終わってこちらの真上にやって来て、何をやっているんだといった顔が見えたが直ぐ去る。大人の男女、子供たちが集まってきて彼らと交歓して、アメリカ人大喜び。何事かを期待しているらしい。

漁師の人が太い杭を砂に打ち込んでくれた。不肖の息子のように故障のボート波に揺れている。時間が経って異変に気がついたのかもう一隻やって来て、エンジニアが修理を始めたが部品が足りない。日が暮れはじめて明日のことになる。小生と操舵手二人が残り、食料と共に米人に帰船するよう三等航海士が発言、米人ノー、と口を揃える。二人をおいて帰るに忍びないと、魂胆の見え透いたことを言う。

機関士と三等航海士が帰り、小生と操舵手は明日まで残って艇の見張りをすることになるが、米人、乗ってきたボートの修理が終わるまで荷物を守って残ると最後まで頑張る。松林の向こうの村落にある網元の家に泊めてもらい交代で見張りに来る段取りになり

「みんな泊めてやると言っているが、どうする」

と聞くと

「おう、かまわないでくれ、俺たちには行くところがあるのだ」

と期待に膨らんだ顔つき。

先ほど集まった住人から悪所のありかを聞いたのか、要領よく村人に用意してもらったリヤカーにレーションの箱を積んで出かけていってしまった。

網元の家はさすが堂々として立派な佇まい。風呂に入れてもらい、彼らが運んでいった荷物にこちらも少しは責任があるので、食事の前に案内してもらって遊人の様子を見にいく。

こちらを見つけ二階の窓から女ともども乗り出して歓声を挙げているから、ひとり降りて来いと言うと、真面目な顔をして大人しそうなのが来た。金はあるのかと聞くと、あると言う。たくさんは持っていなくて食料品でまかなうに違いないから、俺には責任は無いぞと一応クギを刺し、気をつけろと蛇足を加えて、駒形茂兵衛じゃないからさっさと引き返す。

どうしてもう一隻のボートで曳航して帰らなかったのか、昔のことだからわからない。先になってわかるのだが、品物の員数に関して米軍ルーズだったようだ。悪所から持ち帰った食料すこし目減りしていたが三人、気にする様子もなかった。

帰りのボートの中で涼しげに風に吹かれる遊蕩児に操舵手、臭い臭いと言っていた。

サマール島―操機手の脅し

沖縄でボートと乗組員を下ろす。レーションの残りを置いて、これからも楽しみがあるだろうと期待した好い顔を乗せて、お世話になった日本人に未練などなくボート遠ざかる。南下してフィリピン、サマール島へ。

アメリカ軍のレイテ島上陸作戦の前にサマール島沖で海戦あり。侵攻が近づき、守備の日本軍はいらだち、ゲリラに協力した疑いで多くの島民を虐殺したらしい。サマール島友好協会というのがあって謝罪に何度か訪れている記事があり、後ろ手に括られて海や井戸に投げ込まれたり、鼻に煙草の火を突っ込んで拷問を加えられたなど、被害者の家族から話を聞かされているとか。

終戦後まだ日が経っていなかったので、荷揚げに来た島民、殺気だった感あり。ホールドに降りてゆくのに気を使う。積荷のボルトの入った袋を破って投げつけてくるのがいる。

沖縄で下船した好漢たちと違って、監視の米兵は素知らぬ顔。

降伏してジャングルから出てきた日本兵を原地人の女兵士が撃ち殺したのもこの島だ。一日では終わらない。日が経って、不明瞭だがどこかの線でお互い気持ちが妥協できている雰囲気になったとき、ひとりの男が言った言葉と表情を今でも覚えている。彼の小さな子供を上に放り投げ、落ちてくるところを銃剣で串刺しにしたと言う。

甲板員の若いのが監視の米兵に腕時計を強奪される。上官は最後まで顔を見せなかったから泣き寝入りとなる。

これから先、日本軍が占領した地域では、どこに行っても同様の苦労ありと覚悟しておかなければならないだろう。

ホールドに降りてわかったのだが、この港に到着するまでに毛布類や軍靴の箱がこじ開けられ中身が相当減っている。通路の機関員のベッドの下に隠してあるのを見つけたから、責任上、盗むなよと注意したのを逆恨みして、一杯飲んだ勢いで、ついに中年の操機手、脅かしにやって来る。いつかは決着をつけなければ済まないことと思って毎日過ごしていたが、乗りかかった船、案外早くやって来た。

今の時代の人間なら殺しに来ていたかもしれない。怖さというものを不思議に感じなかったのは、もう少しで戦死の境地に持っていかれるのが助かったという思いと、こいつらは人間のクズだという浅はかな（？）優越感ぐらいだったのか。

ちゃらちゃらドスを振り回すから手首や手の甲から血が出る。木刀の一発、脳天に食らわしたいのをこらえて、この人間も仲間への面子から来ているのだろうとドスを叩き落とす。

兄が香具師だというコックが中に入り、一等航海士、初めから逃げを打っているから、こちらは小生のみ、向こうはガマ他が出てきて話し合い難航したが、一件終わりにすることとなる。

職に就いた最初の出会い、あまりいい経験ではなかったが、くよくよすることもなかったし、中庸を維持するというか、屈辱を見ぬふりをする仲間たちを軽蔑することもなかったように思う。商船学校の卒業が一期遅かっただけで戦死を免れ社会に生き残って出られた幸福感、前途の希望に、出だしの、人との小さなかかわりなど問題ではなかったのだろう。

もう少しの月日、Ｑ０７６号との付き合い続く。

釜山―あわや牢獄

作家というのは名が売れてくると世間に対して自信があるから往々にして態度がでかくなる人がいるが、そうでもない人も多い。直接相対する機会など皆無だから諸々の記事によるわけで、誤解だと文句を言う御仁もあれば、悠々とさらなるおのれの欠点を暴露する露悪家もおられる。案外それが値打ちにもなる。

一風変わった小説家、車谷長吉さんが『世界一周恐怖航海記』の中で、下痢をして下着を汚して奥さんに始末をしてもらう結末、他の乗客たちのふしだらな在りかた、上陸して野糞はする、嫁さんのウンチは臭いと来て、さらに過去の三人の嫁はんとの姦通事件から、あの経験がなかったら『赤目四十八瀧心中未遂』は書けなかったろうとも述べておられる。まともな感覚で世間を渡っていたのでは小説は書けないということか。創作で多分に誇張もあるに違いないが、いかにも自由奔放、世に出るまでの下積みの生活を糧にしての、我が意を得た生き方なのだろう。

飛鳥やにっぽん丸の世界一周航海と違って、車谷さんが乗られた青年の船では日本の品位はこんなものだろうという「下品さ」がまかり通っていると言われるが、船乗りはいかなる船においてもそうはいかない。お客のいない貨物船でも、朝から晩まで狭い船内で何か月も同居しているのだから、他人に嫌われ軽蔑されるような言動があれば、顔を背けられる境遇にいつまでもいなければならなくなる。

何航海かの後、主席三等航海士となる。

韓国、釜山入港。ガマは蒸発したが、闇商人諸君まだ船を去らない。日本で安物の腕時計を大量に仕入れて、グアム島やサイパンの米軍兵士や船に来る現地の労働者の持ってくるアメリカ煙草と交換し、韓国に持ち込んで金にする。何組かの当地の商人、早速上がってきて交渉を始める。船内各所で慎重に（?）取引が進められたが、値が合わなくて引き揚げたグループがあの船に大量の煙草があると密告したらしく、あらかた取引が済んだころ税関吏が乗り込んできた。

食堂で一等航海士が応対する。本船にある煙草をすべて出せと迫る。さらに船内サーチをし、出港は許可しないと言う。金はあっても煙草は残っていないはずだから当事者は高を括っているが、何も出てこないのでは税関吏は動かない。如何ともしがたい対峙が続いた後、出港差し止めを通告して韓国人引き揚げる。

おおっぴらにやっていたから取引をやった人間はわかっているので出頭させるべく、操機長、甲板長に上から伝えるが、国外に留め置かれるのを恐れて闇屋、不様に固まる。

さる映画監督、壷を買って通関で難癖を付けられ、わざと落として割ってしまって一晩留置されたと話されたのを覚えているが、因縁をつけるのは日本の税関の比ではないと後日知る。

船長以下、困惑して動きが取れない。日が暮れて前述の事務員やって来る。

「妻帯者は出ないよ」

だからどうせいというのか。

「お前も少しは煙草持ってたじゃないか」

チョンガー二人、出なけりゃどうにもならんぜと来た。

乗船以来苦渋の思いをさせられた連中のために、なぜ動かなければならないのか。元与太公の事務員、いい格好をして一等航海士に、三航と行くと告げる。

船は出て行き牢獄に残る。そんなことになるかなと言うチンピラと、闇屋の儲け、お前らの身代わりなんだぞと怒鳴って取り上げ、上陸して税関の机の上に賄賂の札束積み上げた。

古い時代の経験、あのときの感情を昨日のことのように思い出す不思議さ。

大げさかもしれないが、若さの無謀で行く先も考えず、一人で背負って、乗船以来あの日まで来ていた。旅立ちの良い一歩だったのかどうかわからない。

あまり良い経験はその後も無かったので、Q076号のお話はもうおしまい。

当時の船長、民営還元以後、何十年も気に掛けて動いてくれた。

釧路—霧の中

昭和二十四年、船舶運営会が解散になり、船乗りたち相当淘汰されたあと元の船会社に戻り、小生のように戦時中に学校を出て籍の無い人間はどこかに入り込む努力をしなければならなかった。

東京、神戸の高等商船学校（大学）の代々の金看板（優等生）が綺羅星のごとく居並ぶ船会社の船にたまたま乗っていて、まぐれみたいに入社することができた。品性下劣、何人かがお前は二等航海士になれないでクビになるだろうと言った。何するものぞと何とか生き残って船長にまで行き着いたが、あるとき乗船後、冗談だろうが会社でいちばん上品な船長の後にいちばん柄の悪い船長が来たと放言する憎っくき奴がいた。別室にある風呂から前任者はワイシャツまで着て出てくるのに、小生裸ですっ飛んで部屋に帰る。そんなのを何度か見て言いだしたに違いない。水戸の家老の子孫となれば違うとまで付け加える。

何ぬかす、こちらだって会津と蜂須賀だとは誰にも言わなかった。

　上から下まで船乗りの模範になるようなのばかり揃って、晴れた空の下で爽快に暮らせる日が二年ぶりに戻ってきたが、出だしのＱ０７６号で相当のものを失っていた。旧制中学校から商船学校の厳しい軍事訓練があった時期でも「日本詩壇」の同人だったのもきれいさっぱり忘れていて、いまさら詩に戻る気分も起こらなかった。

　昭和二十六年、阪神‐釧路間の定期船に乗船。

　季節により北海道は霧の海だ。レーダーのなかった時代、汽笛を鳴らし速力を落として手探りの航海が続く。釧路に近づくと通信長が方向探知機で当地の放送局が発信する電波を捉え、そちらに針路を向け、航程機で走った距離を計算して、港が近くなるとロープを下ろして水深を測る。まだ速力があるから正確を期するのは難しいが、年配の操舵手が舷門の外に立って大声で何メーターと呼ばわる。船橋の窓から雁首を突き出して「磯臭い、磯臭い」と何人かが喚くと、船長が落ち着いたふりをしてレッゴー・アンカーと言う。

　毎度、夜が明けて霧が晴れると、ちゃんと釧路の沖に来ていた。

　途中、襟裳岬の沖合いに鮭の定置網が東西に大きく張り出して設置されている。水路部から告知されている海域は避けて通るが、不法にあるのは霧の中ではわからない。

怪しいと予感がすると直ちに船長を船橋に呼ぶ。人を轢いてゆく感じで網が船首に絡む。「キャプテン、いま網を切っていっています」と何度も言う。何かとわずらわしい人なので、責任を押し付けておかないと後がうるさい。頭に響いたのか、やかましいと一喝される。クビになる可能性、大いにあり。

港に着いて厳寒のなか、甲板員、海に入ってプロペラに巻きついた網を除去した。船長、当たり前といった顔。どうも好きになれない。向こうもそう思っているはず。

今の地図を見てみると市の海岸線はすっかり様変わりしていて、フェリーの着く西港ができているが、当時は東港と呼ばれる部分しかなかった。入舟町の南埠頭と漁船の溜まり場を挟んで北埠頭があり、本船と東京に行く雲仙丸が定航していて何れかに停泊した。内地の資本がまったく入っていない鄙びた街に過ぎなかったから、京浜、阪神に行くのには鉄道と二隻の船で充分だったようだ。

本船には一つしか客室がなかったが、商人の多い雲仙丸を避けてよく女の子が乗り、帰って来て友人を誘って顔見知りを頼りに内地の空気を求めて来るのが増えて華やかにも思えたが、一度だけやって来たミス東北海道、船に行くのは不良だと言われたと聞き、がっかりする。

荷役関係で日本通運の早稲田出身のSさんという人がいつも来ていたが、当時一軒しかなかった「炉辺」に二人でよく行き、男女いろいろの職業の人を紹介してもらった。

船に来る娘さんたちにマドロスたち清潔に終始していて恋愛沙汰も皆無だったが、二等航海士が言い出して市民ホールを借りてダンスパーティーを小生の在船中に二度やった。Sさんが掛け合って海産物問屋、果物屋、老舗のお菓子屋の娘さんたちが食べ物や飲料を持ち寄ってくれ、通りがかりに覗いてみる人にも参加してもらって、華やかにいい夜を過ごした。不良っぽい若者ひとりも来なかったのは、よそ者を排除するのでなく、小さな集まりで素人が愉しんでいる邪魔をするほどでもないと思っていたのか。

ダンスにはあまり興味はなく、若い人たちの文化サークルに入れてもらって演劇や日本の作家論を愉しく聞いたが、よそ者はいつも部外者の感覚しか持てなかった。後に『挽歌』で世に出る原田康子さんがおられたように記憶している。

国道三八、四四号線は当時まだ無くて、「釧路駅を背にして北大通りを歩いて行くと幣舞橋にさしかかります。橋の左岸を渡りきると目の前には高台へと続く長い上り坂、坂を上り始めると左手に出世坂の碑がありこの階段を上りきると、春採湖へ向う道が続いています」―そこに建つ「挽歌の碑」の紹介文だが、北大通りのみがメインストリートで、左折しなければまっすぐ人通りの疎らな道が知人町の岬まで続いていた。

ミス北海道はこの坂道を往復して坂の上の病院の医師を訪ねる。しかし結婚を決めた相手は医者ではなかった。引揚者で母親と飲み屋をやっていた女は夢破れ、酔ってはお客に物を投げつけていたとSさんの弁。一度、市役所の人に連れられて船に来たが、よそ行きの顔に苦悩が染み込んで、それでも目の覚めるような美女、船橋に立ってカメラに囲まれていた。

「高台から見降すと下町には明りがともっていた。大小のネオンサイン。街路灯。家々の窓の明り。(中略)しかし町の明りの果は、広い真暗な湿原地に呑みこまれているのだった」(『挽歌』より)

霧が天を覆い水面を這って知人町の岬に迫ってくると、港の灯台が悲鳴を挙げるように霧笛を鳴らす。低い余韻が街中に響き、人のいなくなった幣舞橋の袂に掛かったテント張りのサーカスの、霧で見えなくなった高いところで三、四人で演奏する音の合わない「天然の美」を立ち止まって聞き、流れ者の無常の思いを感じたのを覚えている。

三等航海士が好きだと言っていたと聞いたミス東北海道、父親が亡くなって女学校を止め、沖売りになって、街で仕入れた饅頭を船に売りに来ていた京子。雪の降る橋の途中で買出しの大きな缶を背負って歩いてくるのに出会って——あのとき、なぜあんな悲しそうな目をしていたのだろう。遠い記憶が残る。

乗組員のみんながお世話になった、先生だった橋の袂の果物屋の姉さんと舟木写真店の娘さん。みんなみんな遠く、いいお婆さんになって霧の街のなかでひっそりと生きておられるに違いない。

欧州航路の日々

あこがれの欧州へ

一九五二年、欧州航路が再開した。総トン数七千余トン、速力十七ノットのピカピカの船。神戸を出て、香港、シンガポール、ペナン、コロンボ、スエズ運河を越えて地中海に入り、ゼノア、マルセイユ、バルセロナ、アフリカに渡ってアルジール、カサブランカ、ドーバー海峡を北上してテームズ川を上ってロンドン、北海に出てアントワープ、ロッテルダム、終着駅がハンブルク。

横浜の当時は大桟橋と言っていた今の客船桟橋に、エリートのような華やかな顔をして停泊した。現代のコンテナでない木箱に入った貨物が岸壁に並べられていて、天気のいい日だった。下りていって揚げ地別に分けてあるのをチェックしていると、女子二人寄ってきて箱に印刷された行先を見て「ああ、マルセイユだわ」とこちらを見た。カサブランカもあると目が輝く。制服の若いオフィサーでなく、芸術や映画に描かれた遠い地に思いを馳せたのに違いない。まだ見知らぬ男女が簡単に口をきく時代ではなかった。二十代も終わりに近くなっていたが女友達さえ一人もいなかった。きれいな子だった。後ろ髪を引かれる想いでタラップを昇った。帰って、フランスへ行きたしと思えどもフランスは遠しと思って眠ったか、新しい背広ならぬ制服を着てあの兄ちゃん今日はどこまで行ったかしらと布団の中で考えてくれたかなと、日本を離れて幾晩も思った。

十二人定員一杯の客。三岸節子さんの息子で黄太という画家と、美女ひとりを覚えているが、他は記憶に無い。

「娘をよろしくお願いします」。老紳士が事務長に何度も頭を下げて降りていったそうだが、奔放でトラブル多発する。動けぬ空間に束縛されると、(それからの航海の度に経験することになるのだが)何かの刺激を求めて動き出すのはいつも女性の方のようだ。有島武郎の小説『或る女』の主人公は事務長と関係を持つ。日本郵船会社は作者に厳重抗議した。船乗りがお客と懇ろになれば今も変わらずクビだ。これはモデルの有った話。

昭和十二年、時の首相近衛文麿は、横浜港から出る船を見送るために埠頭に立っていた。NBC交響楽団に参加するため渡米する弟の近衛秀麿が乗っていた。同じ船に女優の沢蘭子が乗っていて、初対面の二人を並べて新聞記者が写真を撮るのが家に帰ってから気になって、秀麿に電報を打つ。

「サワラン子ニサワランコト」

文麿も艶福家だったというが、二人はその後八年間、行動を共にする。船の中では二人でしか動けなかったのか。

余分な話だが同じ年、原節子が川喜多夫人と共に映画『新しき土』の宣伝のためベルリンの駅頭に降り立っている。

密航者と漂流漁船

神戸を出て、やがて夜になり航海当直の船橋で穏やかな漆黒の行く先を眺めて、離れた日本の夜の街をなつかしんでいた。

一階下のボートデッキの暗闇の中から、見回りに行った操舵手が若い男を連れて上がってきた。密航者。暗くなるまでボートの中に隠れていたらしい。抱えている方は顔まで固まっているが、犯人は度胸があるのか平然として、なすがままにされている。

後の処置は一等航海士の仕事。日が経ってから聞いた話では、その晩、元海軍少佐の船長、部屋に厨房から料理を運ばせ、前に座らせた若者と一献傾け、懇々と諭したらしい。

速力を調整して鹿児島沖に昼間着き、連絡しておいた海上保安庁の巡視艇に引き渡す。ボートに下りた若者に、船客すべて甲板に出て手を振って別れる。誰かが「頑張れよー」と言う。エリートの哀れみか。こちら船橋から見下ろしながら、なぜか込み上げるものあり。

南下して沖縄の沖で漂流中の漁船発見、ご難続きとなる。煙を出して合図をしているので近寄り停船。機関故障で漂流二日目だと、そんなに弱ってない大声で怒鳴る。港まで曳航してくれという。三か月の航海は時間刻みでスケジュールが組まれているから、島影も見えないところから沖縄までは無理で、海上保安庁に連絡をする旨伝える。少量の水と食料をロープに括って下ろし、船がエンジンを掛けて動きはじめると、二人泣き出しそうな顔で見上げる。たちまち波の上の点となり消える。あくる日、保安庁より知らせておいた位置で救助した旨の電届く。「感謝いたします」と付け加えてあったので、見捨ててしまったと思えた罪悪感、消える。

バシー海峡。彼女（律子さんと、もう我々のところまで名前は広まっている）、船橋にひとりで上がってくる。客船と違って狭い船内だから、行ってはいけないと規定はしていないのかもしれない。船客と一緒に食事を採るのはサロン士官のみで、若手は船客と関係がないからその辺のことはわからない。ただ女の人と仲良くなってはまずいという不文律みたいなものがあるから、警戒して反対側の袖に退避する。自動操舵で手の空いている操舵手を外へ呼び出して何か聞いている。関係のないところから美人を眺めているのは楽しいものだ。風に吹かれて明るい色の夏着の裾がチラチラする。格言とは違って、見る目は極楽。陸の上の生活のほうがよかったと思う。

明日、香港に着く。

香港

夏目漱石は明治三十三年九月八日、ロイド社のプロイセン号で横浜を発ってロンドンに向かい、ゼノアに着いたのが十月二十日。二十八日、パリを経て目的地に着いている。彼の地で嫌な思いばかり経験して同三十五年十二月五日にパリを発ち、三十六年一月二十三日、日本郵船の博多丸で神戸に帰着している。

時代が変わっても、高速のコンテナ船が稼動するまでは、欧州に行くのには同じような日にちがこの頃まではかかった。出たばかりでいろんな経験、長いこれから先が思いやられた。

香港。日本と香港の女優が相手国の映画に主演で出る、日本の監督、男優がこの地を舞台にロケを行う、香港映画が日本で人気になる—そういった一連の風潮のおかげで、交流がいろんな面で盛んになった現在ではありえないような話だが、当時まだ対日感情が悪かったのか、何らかの必要でやって来た日本人の若い女人が行方不明になったりしたようだ。ティエリ・クルタンの『世界のマフィア』によれば、一九九七年現在、香港には六百万人が住んでいるが、このうち二万人が黒社会にかかわっているという。恐喝から一般ビデオやポルノビデオの生産管理まで、あらゆる犯罪活動を牛耳っている。古い時代から組織はたくましく活動し続ける。

そういった犯罪の少なそうなフランスでも、ソルボンヌ大学生だった子が誘拐された話を聞いたことがある。サルベージといって、裏から手を回すと取り返すことができるというが、おおむね手遅れとなるらしい。パリまで可愛い孫を助けに老女、家を処分したお金を持って出かけたが、助からなかったという。今の時代よりずーっと上等の娘さん。

近頃は極東の恐ろしいのが、政治家の一部がいつまで経っても極楽トンボでいるから、日本国内にドンドン流れ込んでくる。庶民は処置なし。

沖泊まり。本船の周りに何十隻ものジャンク大挙して来たり。横付け、たちまち積荷が始まる。十メートルほどの船体の大部分が貨物の木箱を積んだハッチ、後部に三メートル四方くらいのスペースが居住区で、台所、鶏小屋、野菜の栽培箱その他があり、深みに寝室がある。トイレは船外に箱がぶら下がっている。ほとんどがそういう船型。人が食事をするのとトイレに行くのは見るものではないから、荷役の見回りに気をつかう。

船客、一団となって代理店のランチで上陸。代わって女衒に引き連れられて五、六人の娼婦タラップを上がってくる。船が汚れるので直ちに追い返す。夜、荷役会社より、上陸する暇のない甲板部員に中華料理の差し入れ。

その後の航海の度にこの港には寄港するが、岸壁が無くて沖泊まりばかりだったから、悪い噂ばかりでなく、ほとんど陸に行ったことがない。なにか人を受けつけない体質みたいなものを船乗りたちは感じていたようだ。

下船した人数だけ船客乗船して、夜半出帆。

閑話休題

しゃべり台を設定してくれた面々、字が間違っているとか、文章に品がないとか言ってくる。立派な題目をつけたので見に来てくれる人があるのに、何をおふざけかということらしい。

斎藤美奈子さんの『誤読日記』によると、養老孟司の『バカの壁』はタイトルのインパクトでまず十万部売れた。養老さんみたいな偉い人を引き合いに出して申し訳ないが、良いお題目をつけてくれたのだから頑張らなければならない。

さてもう一つ、まったく違ったお話。

車谷長吉さんがピースボートに乗船した経験を『世界一周恐怖航海記』に書いておられる。豪華客船とは違って若い人たちがほとんどで、アフリカ、南米、ニューギニアなど、裏街道を巡っての航海。船賃も格安。世に出るまで下足番をしたり焼き鳥の材料を串に刺したり、風呂敷包み一つ持って放浪された苦労が身についていて、ご本人は格下の船でも平気だろうが、東大出で詩人の奥さん大変だろうと思ったが、特異な文学者と一緒にならられるだけあり、凡人と違って、ご亭主以上に愉しんでおられる。旦那あいも変わらず、嫁さんのウンチ臭いなどと露悪的に書かれては、たまったものではないだろう。

どうしてまた余分なことを書いているのか、それを述べさせていただく。以下の記述がある。

「この船の中にも、厭な人は多い。また不気味な人、正体の知れない人、得体の知れない人が多い。厭な人とは、意地悪なことを言うて、他人の生活の中へ無遠慮に土足で踏み込んで来る人だ。（中略）一千人近い船客は、十三ヶ国の国籍を持った人の集まりだと言うが、九割九分は日本人である。（中略）小さなより濃密な「日本社会」が船で移動しているだけだ。「日本脱出」という開放感がない」

さもありなんだ。小生の如く社会から脱出してしまった人間なら、気が変になって海に飛び込んでしまうかもしれない。

長年の職場であった貨物船では「個」が確立していた。人間関係で悩むことのほとんどない環境にいたことは、時に虚しく思えても、幸福だったのかもしれない。

あの欧州へ行く船で、若いエリートたち、どんな日々を送っていたのか。
南シナ海を南下。香港から乗船した初老の英国人、デッキを散歩する彼女の後に続く。
その後に事務長が続く。凪ぎ、晴天続く。

シンガポール―木っ端役人と魔窟へ

南シナ海を南下して、日増しに暑くなる。

僕の（爺さんが言っているのではなく、当時に若返って三等航海士が言っているのだと、無理にでもご理解いただきたい）当直は夜昼とも八時から十二時までの四時間である。一日のうち、いちばん良い時間だから、船客の男女三、四人、気の合う同士あつまって船橋に上がってくる。

海は凪ぎ、群青色に地平まで広がり、船首で切り裂かれた波が船橋の下を勢いよく流れ、次々と波頭が崩れて白く泡立ち、去る。

未知の世界へ旅立つ若者たち、行く先を遠いまなざしで眺め、足元を流れる水を見下ろし、凪の日は幸福感にあふれていたに違いない。律子さん上がってきて、袖に行って黄太くんに寄り添う。横浜出帆時、美女が見送りに来ていたからダメだよ。こちら特急電車の運転手、関係なし。

三日と何時間か航海してシンガポール海峡に入る。まだ港まで距離があるのに小型のサンパン五、六隻はるかなる岸から殺到してきて、少しスピードを落としはじめた本船と併走。タラップを下ろせと、一人が言えばわかるのに何隻からも中国人が叫んで、我勝ちにかけあがってきた。六つのハッチの甲板の上に積んだデッキカーゴの青野菜の入った竹製かごを、走るサンパンに投げるように落とす。かごに印がついていて、他人のものを持っていくことはないらしい。各々五、六個積むと岸に向かって一目散。路上なり市場で早く並べた方が高く売れるのは明瞭、だから急ぐ。

以前、日本から西瓜を運んだことがあった。上陸して波止場の近くの道に並べて売っていたが、少々傷があっても丸ければ上、割れているのが中、日本でなら捨ててしまうようなボロボロなのが下。その後、世界を旅して、もちろん肉でも魚でも値段によって味は随分と違うが、日本ほど食べ物に貧富の差のない国はないと思った。香港からの野菜は大陸からのものだろうが、熱帯の土地ではドリアンやマンゴーがあっても、野菜や淡白な味の果物は貴重品らしい。

ここでちょっと余分な話。

今日、八月二日の夕刊に、メル・ギブソンさんが「世界中の戦争の原因はユダヤ人にある」と話し波紋を拡げている と出ている。いまやイスラエルはつねに強気だが、遠い悲劇は気の毒で気が重い。この地のユダヤの女性、大金持ちの荷主さんだったが、一緒にならないかと言われたことが昔あった。インド人の税関吏は大いに勧め、日本人の在勤は大反対。長い年月を経て思いは巡る。

着岸し夜、荷役会社の人にシナ料理を食べに連れていってもらう。海岸通りの露天のレストランで食事を済ませてからニュー・ワールドという歓楽街へ。映画館、商店、ダンスホール、射的などがある。女の並んでいるところもあって、こんなところもあるよと見せてくれたのだろう。

何航海か後で、社会見学というのか税関の少しはえらい人が欧州まで往復した。ざっくばらんの明るい性格で、すぐにみんなに馴染んで楽しい航海を続けた。三等通信士と企んで、彼をここの魔窟に何としても連れてゆく手はずを整え、輪タクに乗る。あなた、二度と外遊するチャンスなんかないのだから、経験しておかねばならぬと言い聞かせていたから、「どこへ行く」と不安になったらしい。両脇から身体を押さえ、リキシャマンに「急げー」と声を掛けたから、木っ端役人（自分でそう言っていたので、みんなそう呼んでいた。

横浜大学出ではダメらしい）早々に行く先を察して、ダメですダメですと喚く。通行人は誘拐犯が行くと見ていたかもしれない。そのうち二人の努力の甲斐なく飛び下り、ほんとうに怒ったのか後も見ずに明後日の方に行ってしまった。

航海中、麻雀でも痛めつけられ、「覚えておれー、日本へ帰ったら仇をとるから」と言っていたが、逆にずいぶんとみんなの面倒をみてくれた。航海が終わって神戸で下船し、船が横浜に着いたとき、えらい人は通関の現場には出てこないのだが、その方がやりやすかったのか、部下らしい若い女の子の二人と、その頃まだ国内では珍しかった白粉やチョコレート、コーヒー、バターなどの土産品に税金を大マケしてスタンプを押してくれた。その後、横浜に着くたび洒落たレストランに案内してくれたりしたが、早死にした。

マラッカ海峡。スコールが通ると沿岸のびんろうじゅを掠めて流れ出た川の水で、海峡ところどころ黄濁している。海峡の怠惰な風景。

マラッカ海峡—なぜ船乗りなんかに

マラッカ海峡、北上続く。

晴れて強烈な陽の光に沖は輝き、その向こうにインドネシアの陸が遠く霞む。油を流したように海は凪ぎ、濃緑色の水が舳先で切り裂かれ白く光って、同じリズムを繰り返して船橋の下を勢いよく流れていく。下のデッキで舷側にもたれて船客の兄さんひとり、水の流れを眺めている。昔から海峡は自殺の名所。見られているのに気が付いて去る。

「航海は人生のブランクなページである」

むかし石川達三が言ったように、酷暑とかなりの日数の監禁状態で船客たち、白紙の頁をめくっても何もない。部屋でひっくり返って無聊を囲っているに違いないと思っても、サロンの士官以外の人間が女の人に声をかけるわけにはいかないし、年下のお兄さん連にかかわる興味もないと無縁でいたが、インド洋に出る夜、当直を終わって船橋から降りてくると、デンマークに行く体操のお兄さん、部屋の扉の前に立っていて、三岸さんが呼んでいますからと言う。居住区の一段下になる貨物槽のあるデッキ、そこのキャンバスカバーに覆われたハッチの上で五、六人が車座になって飲んでいる所に誘い込まれる。三岸さんだけが僕より年上だろう（そう思うから今日は「さん」である）。

事務長のおしゃべりで、だいたいのみなさんの素性はわかっていて、英、仏文学者の卵、地味で無口なお嬢さんはフランス行き。来てはいないが律子さんのみすべて不明。金持ちの遊び人か？

寝苦しくて、刺激になるもの何もなくて、客船でない狭い船内では心情の表現もままならず、ついに爆発して早い時間から気炎を上げてお互い言いたいことは言いつくしたのか、初めて引っ張り込んだ三等航海士、なぶりものにせんと全員で立ち向かってきた。

古い話で、なにをしゃべったか記憶にない。航海中だから酔うわけにはいかない、早々に引き上げたが、今でも覚えているのは、なぜ船乗りなんかに（そういう表現だった）なったんだと彼らが言ったことだ。それは彼らがエリートであっても軽蔑して言っているのでないのは理解できた。黄太が最後になって言ったのを覚えている。

「こんな人生はありませんよ」

陸にいて、女を愛し、憎み、男の友情に支えられ、希望を持ったり、嘆いたり、立ち止まり、振り返り、そうやって生きてゆくのが人間の生活ですよ。海の上には何もないじゃないですか。だいたい言ったのはそんなところ。若いけれども芸術の道を志す人間の大きさみたいなものがあるんだと、感じ入る。

旧制中学校を卒業して一年浪人すれば、文科系の大学、専門学校には徴兵令がきて卒業できない時代だった。前途ある優秀な学生が学徒動員で戦地に赴き大勢戦死した。理科系に行くのが嫌なら陸軍士官学校、海軍兵学校、同機関学校、経理学校（ここは秀才ばかりと言われた）、最後に高等商船学校──これだけにしか進学できなかった。二等兵で戦死するのは嫌だったし、理科系にも進みたくなかった。少しはロマンがありそうな商船学校に行く。海軍予備生徒。

彼らに我が経緯を説明する雰囲気でもなかったから、しばらくいて引き上げる。幸福な君たち、早く眠りたまえ。彼の地で幸い多き日のあらんことを。船乗りぶくぶく、旅はまだまだこれからだ。

スエズ運河――大統領への手紙

スエズ運河――南端のスエズと北端のポートサイドを結ぶ全長百六十七キロの運河、紅海から地中海への通路である。一八五九年、フランス人レセップスによって建設が開始され、一八六九年に完成した後、一八八二年に英国が領有、アジアを侵略支配するのに重要な役割を演ずることになる。英仏が利権争いをしている間に、スエズ動乱後エジプトが国有化。他人の何とかで相撲をとって、しだいに通行人にたかるようになるが、第三次中東戦争で一九六七年から七五年まで封鎖される。この航海記はまだ国有化される前で、そんなに彼らが威張っていた記憶はない。運河の北の出口にはレセップスの銅像が地中海を向いて立っていたが、国有化後は木っ端微塵に爆破されて、長い間ガラクタが残っていたのを通る度に目撃した。

動乱で閉鎖された期間を除いて、北杜夫先生が経験したようなゆすりたかりは今も続いているには違いないが、物がないのだから気の毒な面も無いではない。

　何十年、欧州への航海の度に悩まされた。記述はドクトルの航海記に詳しいから省略するが、自分の経験を書いておくと、一等航海士の時代、やってきた税関吏のたかりが目に余るので、着岸しているスエズの岸壁から税関官舎まで出かけていって、ナセル（当時の大統領）に報告するぞと、見下ろした顔をそろえている面々に向かって一声あげて引き返してきた経験あり。ボートマンのたかりごときは、こちらが見下ろしているから、吹っ飛ばすぞと怒鳴ると黙ったが、困っているのはわかっているから、たかりに来ないおとなしい一人くらいには目薬や軟膏を差し上げた。我々がエジバエと呼んでいた彼らへの不満を書いて、ある事務長が大統領に手紙を出してから、日本船が着くたび事務長の名前を口にして、あれはこの船に乗っていないかと言う。恐れをなしてか、仇をとろうとしてかわからないが、船乗りたちは前者だと思っていて、ナセルはえらいとよく言っていた。

　水臭い西瓜を沖売りから買って食べた記憶あり。船客はピラミッド他の遺跡見物のため上陸。陸のホテルに行けば涼しい夜があると期待もしていたかも知れぬ。北へ抜けるのに二十時間以上はかかるはず。アレキサンドリアで復船予定。十五、六隻が船団を組んで一列に並んで北上開始、軍艦優先で先頭。

船の中で勝負

間もなくスエズを抜ける。いっきに欧州まで行ってしまわずに一休みさせていただく。客の乗らないドサ回りの船では乗組員一同、上から下までのんびりしていて、だいたいスピードも出ないから、長い航海の間の遊びも盛んだが、やはり麻雀が主になる。わずかなお金を賭けて、結果はノートに付けて何か月後に日本に帰ったときに精算するのだが、航海中たのしむのが目的だから金銭にこだわる人間は少なく、日本が近くなるとわざと振り込んで負けの込んでいる相手を少しずつ浮上させるか、大勝しているのが勝ち点を全部ノート上で負けている方に分配したりする。何か月分の給料が手に入るから小銭にはこだわらないが、勝負にはこだわる。

陸からはみ出しそうになっているらしいやや軽薄な若いドクター、たびたび国士無双を振り込んでは麻雀台の上に正座して、「カラスなぜなくのお」と歌う。船乗りどもに囲まれ虐められて不憫きわまりないとの思いあり、その歌を後の三人、致し方あるまいと茶々も入れず終わりまで聞いていた。

もっと騒ぎたい退屈男は取っ組み合いを始める。ソファーに行って争っている上に残りの二人が重なって押さえつけて、一番下の金儲けをしたのが揺さぶる重みに耐えかねて真剣な声で悲鳴を上げても、上層部は気持ちよさそうに揺すり続ける。

サロンの人たちの場合は上品だが、違った問題が起こる。機関長は大きなのを振り込むと、どこかへ行ってしまう。トイレだろうと待っていても、なかなか帰ってこない。無線局長が見に行ってみたら、悠然と湯ぶねに浸かっていた。その後は毎度策を巡らせ、メンバーから除外するのに成功したが、牌が一つ足らなくなった。機関長が海に捨ててしまったのかも知れないよと言っているうちに戻ってきた。プライド高く、その後は二度と機関長は麻雀台のそばには来なかった。当時こちらは船長、機関長より年下だったから遠くにいることにした。

後は囲碁。麻雀より上品なはずだが、優勢になった方が、考え込んで碁盤の上に頭を突っこんで思案に耽っている相手の心労も考えず、イイイーなどと奇声を発して勝利を宣言したりするから、安物の碁盤を引っくり返して一面白黒石まみれになる。

ドッグレース

飲む打つ買うと三拍子そろって、昔のマドロス、世界中どこの国の人間であろうと、海の上を彷徨って港みなとにたどりつけばいろんなことをして、明けりゃおさらばよーとまた流れ出す。土方、馬方、船方と三方並び称され、世に恐れ崇められた（？）時代なんていうものは、どなた様もご存じないと思うが、馬車馬は無くなり、コンテナ船になって菜っ葉服を着ての作業員では、ほとんど船員と呼ぶ存在でもなくなって、土方だけ残って労務者と呼ばれる。

そういう呼称があるからと船乗りの多くは行動をつねに慎んで、修道院の道士よりはるかに厳しく、心は永平寺の坊さん並みに清く正しく宝塚のお題目のように暮らしてきたと言っても、誰も信用してはくれないに違いない。

しかしながら所帯を持てばいかなる放蕩息子といえども紅灯の巷なんぞへは出入りしな

かったと言っても、「ガッテンしていただけましたでしょうか」とはならない？

誤解があってはいけないので書いておくが、お話はコンテナ船が登場する以前のこと。今や彼らには買い物に行く暇も無くて、代表がまとめて日用品を買ってくる。日本内地のみならず外国の港でも夜とどまることは無く航海を続ける。家族に会う暇もなし。だから休暇がすぐに来る。

最後の頃は少々はコンテナの時代にかかわったが、おおむね在来の貨物船に乗っていた頃、船の中ではらちが開かぬ、みなさんはした金を持って賭場（？）に出かけたお話。

マラソンがスタートする競技場、あれより少し狭いくらい。走る楕円形のグランドだけ白色灯に照らされていて、地下鉄の電車が駅に近づいてきて低い重たい音が少しずつしてくる、そんな音が聞こえはじめると、箱の中で吠えていた犬たちはすべて沈黙する。レールに設置された兎が走り出す。スタートの位置を十メートルほど過ぎたところで檻の鉄格子のふたが開く。黒い色がほとんどのグレイハウンドたち、沈黙のまま突進する。

競馬場のはパドックと言うのか、まわって犬を見せるところがある。白の上下、ミニスカートの少女たちが八匹の犬を連れて、あまり愛想の良くない真面目な顔で回る。

よそ者には馬の状況などわからない。だから犬。オッズや予想表とパドックに来ての思案。あれは大き過ぎて鈍重だぞとか、小さくて吹っ飛びそうだとか、ウンチをしたから身が軽くなっているとか、少ない札束をポケットの中で触りながら、流れ着いたマドロスさんたち、少しは儲けたいと考えている。

鞠のようにではない、俊敏に小さくなり踏み出した足が大きく前に伸び、盛んな意思の集団が過ぎてゆく。百メートル余り走ったところで緩くカーブしているのに直進していって塀にぶち当たり、取り残されて一団を黙って眺めている愚か者あり。向こう正面にかかると身体に巻きつけた赤、白、黄色、黒から緑、空色、ピンクと色鮮やかなゼッケンが白銀灯に照らし出されてきれいだ。

イギリス婆さんが隣で声を張り上げる。なにを言っているのかわからない。ポチ頑張れとか、タマ死んでしまえと言っているのだろう。

ロンドン支店の中流階級のお兄さんはドッグレースなど労働者階級の人間が観に行くものだというが、いかついおじさんたちは冷静で大声は出さない（観客の中に見覚えのあるのが何人かいたが、ふだん船に働きに来るときの諸君の様子とまったく違う。土地に馴染んで、よそ者を無視した顔。

ゴールすると犬たちは自分が何着かわかっているのだと聞いたことがある。一着、二着、三着、後で食わしてもらう料理が違うらしい。婆さんが犬券をグランドに叩きつけて喚いている横で、今まで紳士的だった犬同士、がみがみ吠えて何匹か喧嘩をおっぱじめた。競馬だと、進路妨害の疑いがありますので審議いたしますと言ってくれるが、犬はお前ら任せだ。

「このやろう、邪魔をしやがって」

「なにをぬかす」

と喧嘩しているのだと、食事のことと一緒にこれも教えてくれた（労働者だけど犬博士だ）。英国の植民地だったところではどこでもドッグレースをやっていて出かけたが、損得より長い航海の気晴らしだ。日本でもレース場をつくる企画があったが、競艇、競輪があるのでと話は立ち消えになった。

地中海—覇権の海

その昔、小さなくり舟に一枚の布をかかげて風を受け、水上を移動したのが帆船の始まり。その後、北欧では四角な横帆が、南欧では三角の縦帆が発達し、やがて二つが一つになる。

欧州人の肉食に必要な香辛料を求めて大航海時代が始まるのだが、時代の要請から、帆と奴隷たちの漕ぐベネチアのガレオン船、十八、九世紀の大型帆船を経て、快速帆船「クリッパー」が最後に登場。以後、蒸気船の時代となる。

話を戻して、十六世紀当時アレキサンドリアからイタリア、スペインに行くのに、まずはロードス島に向かい、西航してクレタ島からメッシナ海峡に針路をとった。

地中海の船乗りたちは天体観測儀の使い方を当時知っていたが、上記の航海ぐらいしか遠洋航路は取らなかった。しかし一四七四年イタリア人トスカネリが地球球体説に基づいて世界地図を作っており、マルコ・ポーロは一二七一〜九五年にかけて東方旅行に出かけている。またポルトガルのエンリケ航海王はアフリカ西岸を南下する艦隊を次々と派遣して、大航海時代が始まっている。

初期、帆船の航海が始まった時期、アレキサンドリアから北へ行ったのは冬のミストラルのような自然の力から身を守るだけでなく、海賊船から港に逃げ込むためであったとある。

地中海に入ったので少々は船乗りらしいお話。

イタリアの長靴の南端に向針し、メッシナ海峡に至る。海峡の長さ三十キロ、幅三〜五キロ、海峡に入ってレジオの沖で急カーブを描いて回らなければならない。狭い上に潮流が激しいので船長は大いに気をつかわなければならないが、安物の航海士は船長に気をつかって過ぎてゆく景色を眺めているだけである。

その当時まだ人口も少なかったのか、狭くなった海峡の北、高いところにあるレジオの小さい屋根だけの裸の駅に、一両だけのローカル線らしい電車が入ってきて、一人いた婦人が乗って電車が動きはじめるのを、双眼鏡で眺めていた。距離のあるところをこちらが通過していて、そこへ行くことがこれからもない風景を見ていると、何か人間の無常みたいなものを感じたのをいまでも覚えている。

ミッシェル・ビュトールの小説『心変わり』に、パリを出る国際列車のなかに終着駅ローマよりさらにナポリ、レジオ、シチリア島の南東岸のシラクサまで行くのがあるとの記述あり。当時はまだ無かったのか、出会わずに過ぎる。

フェニキア、ギリシャ、ローマ、ノルマン、サラセン人と入れ替わり立ち代わり、さらに第二次大戦の現代人までが覇権を求めて往来した海峡を抜けて、間もなく船客のみなさんの目的地だ。

マルセイユー日暮れの道を

この港ですべての船客下船。黄太君も律子さんも、たいして名残を惜しむ顔もしないでタラップを下りていった。

律子さんは、香港で乗船してつきまとっていた英国人には早々に引導を渡してはねつけたらしいが、親父さんに頼まれたからと、さらなる後ろからついてくる監視人の事務長の方がもっとうっとうしかったのか、「妬いているのか」と言ったものだから、サロンの連中の大半が彼女のことを敬遠するようになったらしい。どことも縁が切れて、船橋へ一夜しゃべりに行って知った三等航海士の部屋に様子をうかがいにきた。部屋のドアを開け放しにして、もっぱらお話をうけたまわる。なかを脇見して通る仲間が気になって、もう来ないようにと何度目かにお願いする。さればと当直の終わった夜中、降りてきた階段の下に立つ。酔って外のデッキから舷窓のガラスを叩く。耐えに耐えた結果が尾を引いて、長年のトラウマの原因となる。

最近、三岸黄太展があった。お目にかかれなかったが、すでに大家らしい。しかし親の三岸節子さんの絵のほうが色鮮やかにスケールが大きかったように思う。

ケーブルに乗って丘の上のノートルダム寺院に行った後、コの字型になった旧港の入り江のいちばん奥、漁船や遊覧船の溜まっている岸の前に並んだレストランの一軒に入り、まだ日本では庶民、その頃お目にかかれなかったブイヤベースを食べる。

船が大きくなって、もうあの旧港には着かない。日が暮れて暗い倉庫の間の道を、律子さんのこと、これから帰る船の誰もいなくなって洞穴のようにがらんとなった客室の風景を思いながら、しょんぼり歩いたのを今でも思い出す。

バルセロナ―人間の残酷さ

バルセロナ。第二次大戦後はじめての日本船だというので、街に近い岸壁だったから、接岸する前から何百人もの人たちが集まってきていて、口々に何か言いながら手を振っている。スペインは敵だったのか味方だったのか、ブリッジから見下ろしながら一瞬考える。港湾関係者や土地の名士らしい男女、花束を持って上がってくる。時間が経って人の数が減って、荷役がその日は無いものだから若い乗組員何人か岸壁に降りたところ、二、三人の女が左右から肩にぶら下がり、若い兄さん、頭陀袋か太ったのは米俵みたいなのを引きずって、街のほうにヨタヨタ歩いてゆく。開放的なのか、隣人笑って見送っている。無人になるまで上陸しないことにする。

夕刻、海岸に通じる中央に広い歩道のあるプラタナスの並木道、ランプラス通りを歩いて街に出る。両側にブティックやホテルが並び、路上パフォーマンスもあり。脇道に入って代理店員の教えてくれたレストランで待望のパエリア。

翌日はサンタマリア号と海洋博物館。コロンブスが航海に出たのはポルトガルのパロス港からで、ここからではないが、資金の援助をしたのがカスティリヤのイザベル女王であることからこの地にある。他の二隻、ピンタ号とニーニャ号は帰ってきたが、サンタマリアは帰れなかった。コロンブスは偏狭でみんなに嫌われたという。

博物館にあったガリオン船、奴隷たちが漕いだ太いオールは汗と血で黒光りしている。後部の貴族たちの二段三段高い床の、きらびやかに飾られた住まい。死に至るまでこき使われた奴隷たちを黙殺して美食に酔い、戦いとなれば前の漕ぎ手が押し潰されようが敵の船に突っ込む。ローマ人以来の人間の残酷さは、あるいは乱世となって現世にまで、いやこれから先にも残っていくのかもしれない。

当地で個展をやっていた藤田嗣治来船。日本食を食べ、猫や女は描かない。小物の墨絵を置いて去る。

アルジェー映画の話を少々

ジブラルタル海峡を遠望しながらアルジェへ。ジュリアン・デュヴィヴィエ監督、ジャン・ギャバン主演の映画『望郷』の舞台になる港町。

強盗の常習犯ペペがカスバへ逃げ込み、暗黒街で大きな顔をして大勢の仲間にかくまわれて暮らしていた。ある日、見物に来ていたフランスの女に会う。

「パリの地下鉄の匂いがする」。有名なせりふ。

恋に燃える二人を見た警察は、女を利用して男をカスバの外へ誘き出そうとする。ギャビーがパリへ帰る日、ペペはカスバから出て、執念で追っていた刑事の手に落ちる。

岸壁に来て、刑事に向かって言う。

「船を見送りたいんだ。手錠をはずしてくれ」

船の着いているそばまでは行けない。ボーッと出港の合図の汽笛が長く尾を引いて鳴る。

その瞬間、岸壁の鼻にある鉄格子にもたれ囚人は大声で船のデッキから見下ろす女に叫び、ナイフで腹を刺し、崩れ落ちる。耳を塞ぐ女。落ちてゆくジャン・ギャバンの大きな顔。その一つしかない岸壁に船が着いて、誰にもわからぬよう相当の距離を歩いていって、街と港区を隔てる鉄格子を何度も撫ぜていた。いやー、映画とはいいもんです。

同じ監督と俳優の映画『地の果てを行く』について少し。

悪人を手にかけ高飛びしてバルセロナにやってきた殺人者、安ホテルには早速警察が来て出頭を命じる。いかがわしい酒場を伝って逃げ回る途中、外人部隊募集の張り紙を見る。フランスから五万フランの懸賞金のかかったジャン・ギャバン、五ペセタの給料をもらって入隊、モロッコに渡る。彼を追う刑事も外人部隊に入り仲間を装って近づく。

ベドウィンの踊り子を連れて奥地へ逃げようとするが、適わぬとあきらめて沙漠のなかの最前線の基地の守りにつく。敵に攻められ全滅寸前、味方が助けに来る。それがわかって、塹壕から立ち上がって、犯罪者として追われているのも忘れ、「生きているというのは、何と幸福なことだ」と叫んだ瞬間、銃声が轟き一発の弾丸が体を貫く。

一人だけ残って、あとは屍となって並べられた守備隊の列の前を、援助に来た部隊が行進し栄誉をたたえる。アフリカの乾いた空気が溢れ、死の影が行進する兵士の一人ずつの表情にある。

『にんじん』『商船テナシチー』『我らの仲間』『旅路の果て』『舞踏会の手帳』ジュリアン・デュヴィヴィエのこれらの映画だけでなく、ルネ・クレマンや、デヴィッド・リーンらの作品を、中学生時代、教護連盟に追っかけられながら見て、船乗りになってヨーロッパに来る機会が何度もあるというのは、映画通なら至福なことかもしれない。

何年か経って、映画監督の松山善三さんにオランダのデルフトの皿を頼まれて、買ってきてあげてお会いした。いい気になって映画の話になって、フランスの名監督のああいうラストシーンの映画をつくってくれませんかと、顔色を伺ったが、それには答えられないで、無医村へ飛行機で行く医者の話をされ、興行にならないから独立映画でやりたいと言われたのを覚えている。松山さんが医者の学校を出ておられるのは、あまり知られていないようだ。映画が出来たかどうか知らない。

海峡を大西洋に出て、カサブランカ。

代理店のフランス人に街の見学に連れて行ってもらって、郊外に出て海岸沿いの丘の道を行き、赤い砂地に立つ白熱の太陽に白く映える娼婦の館の前を過ぎる。

占領中にドイツの将校とねんごろになったため国外に追放され、ここを過ぎて、さらに南へ流れていった『格子なき牢獄』のコリンヌ・リュシェール。
抵抗運動で危険を冒し、後に大女優になるオードリー・ヘップバーン。
人間、一瞬の決断でとった行動が一生を左右する。
横浜の岸壁にいた、赤い靴を履いていなかったお嬢さん、幸福な人生がありましたか。

ドーバーソウルとギヨーム

「カレーの浜辺に立てばドーバーの岸の白い絶壁が見える。これは侵略者にとっての誘惑だ」

アンドレ・モロアの『英国史』の冒頭の有名な一文。

時化のビスケー湾で散々な目に遭い、やっと英仏海峡を抜け、ドーバー港の沖合いにパイロット（水先人）を乗せるため到着する。

船長になって退職するまでの二十余年の間に南極北極以外の世界を渡り歩いたが、いちばん来たかったのがなぜか欧州、それもイギリス。そこでテームズを上ってロンドンに行く前に、この海峡あたりから話を始めさせていただきたい。

イギリスの食べ物で有名なのはフィッシュ・アンド・チップス、スモークドサーモン、それとドーバーソウル（舌びらめ）である。ロンドンのグリーンパークの地下鉄の駅の近くのシーフード専門店と地元のドーバーで何度かごちそうになった舌びらめの旨さは、日本のレストランでは（あまり上等のところには行っていないが）味わったことがない。

ドーバーからフランスへ渡る連絡船の出る波止場の近く、白い絶壁が後ろに迫り、前面に晴れた空の下に海の広がるレストランの戸外の椅子に座って、文筆家であり大臣でありながらコクトーたちと交わり酒と美女を追っていたモロアを思い、美味を堪能した。

コンテナ船の時代になって船が大きくなってロンドンに行かず、海峡にあるサザンプトンに行くようになって、土地のスーパーで舌びらめを自分で料理するつもりで探したが無かった。スモークドサーモンも無い。代理店の英国人に言わすれば、双方とも贅沢品らしい。

後年、ロンドンで暮らす娘の家に滞在したが、すでに三年経っていたのにどちらも食べたことがないと言う。早速買ってこさせて焼いたところ、かれいの皮が全部とれて、白身の部分しかない。バカじゃなかろうか皮が旨いんだと言っても後の祭り。食べたことが無いと言うサーモンを市内の「ホトナム」へ買いに行く。まったく日本のマグロのトロと同じで、店員さんが格好をつけて薄く薄く切ってくれた。

話を海峡に戻します。

西暦四三年から四〇七年まで、この国はローマ軍に占領されるが、それ以後は十七代にわたってサクソン王が支配する。ケルト族やデーン人などの異民族が侵入、三代にわたってデンマーク王の支配があり、やがてサクソン王エドワード、あとを継いだハロルド二世の時代がくる。

王の仕打ちに不平を持つ実の兄であるノルウェー王との戦いに北に出かけて南が手薄になっているのを見極めて、ウイリアムはセンラックに五千人の兵を上陸させる。北部の戦闘に消耗したハロルド軍は破れ、王は戦死する。

ドーバーソウルはまだ無かった。浜辺の砂を口に含んでイングランド征服の誓いを新たにする。

さて、なぜ古いウイリアム征服王、フランス名ギヨームのことを書いているのか。明日は数えて四十一代目に当たる後裔のエリザベス二世の戴冠式がギヨームと同じウエストミンスター・アベイで行われるのである。その日に合わせて風も嵐も乗り越えて大わらわだった我が船長さん、パイロットが乗って動き出して、明日会えるに違いない皇太子（現天皇）を想うのか、緊張した面持ちで沖を睨んでいる。初めてのロンドンまでもう少し。さまざまの公私にわたるそこでの長年の苦労や楽しみを想像することもなかった。

戴冠式

侵略者ウイリアム征服王は防衛においてもぬかりなく、占領地には次々に保塁を築き、ロンドン防衛のために二十一マイル毎に築城、中心に位置したのがロンドン塔、将校たちの宿舎が後に牢獄となって何世紀にもわたって英国史を彩る。

そのロンドン塔の東、シティの近くと言えば格好いいが、そこは労働者、アジアやアフリカからの移民の暮らすイーストエンド。ポート・オブ・ロンドンはその近くにテームズ川の潮流の満ち引きによって船が浮き沈みしないようにつくられたいくつかのドックの総称だが、その一つキングジョージ・ドックにテームズを遡ってたどり着いた。

現在はロンドンに大型船が来なくなり、ドックはすべて埋め立てられ、高層ビルの並ぶ近代都市になって、周囲にあったディケンズの『人間の絆』にでてくる十九世紀以来の貧しい、退廃の街は今は無し。

無実の不義密通の罪でヘンリー八世に断頭の刑に処せられた皇后アンボーレンが生んだエリザベス一世の時代と比べ、大いなる発展はなかったが、ダイアナ皇太子妃の問題が無ければ、今日まで実に平穏に過ぎたエリザベス二世の時代が、この日の戴冠式によって始まる。

皇太子が（昭和）天皇の名代で参列されるので、意気大いに上げるべく船会社が考えたのか、船長の独断で買ってきたのか、下っ端にはわからなかったが、ブリッジの上のマストに赤白の鯉のぼりを上げる。何人かの新聞記者が来て写真を撮るが、大したことではないという面持ちでさっさと帰る。雨に濡れてだらりの帯のごとくぶら下がっているのではさもありなん。

後日の日本の新聞や雑誌の記事では、戴冠式の行われたウエストミンスター・アベイでの皇太子の席は、あまりいい場所でなかったという。枢軸国側に痛めつけられたチャーチル首相にすれば当然の処置に違いない。

テレビの普及前だったから、徳川無声がラジオによって日本に実況を放送したと聞く。

『外遊日記』によると、皇太子の教育係として随行された小泉信三氏はバッキンガム宮殿の前につくられた木製のスタンドで、ときどき風が起こり容赦なく降り込む雨に濡れながら、公式馬車が宮殿を出てモール通りを過ぎ去るのを見送る。

どこにおられたか、英文学者の福原麟太郎氏は後ほど、皇太子が末席に座らされたことに大憤慨されている。

終わって、夕刻より皇太子と随員大公使ほかの方々を本船に迎えて、乗組員は一切れさえもお目にかかった覚えない最上級の牛肉を使用して、すき焼きパーティーを開催するべく、会社の在勤員、船長、事務長、大いに張り切り、サロン職員以外は本船より退出するか、可能ならば部屋に蟄居するよう伝達あり。

一同緊張して待機していたところ、イーストエンドに行くのは危険だということで皇太子は欠席との通知が来る。スコットランドヤードはそんな余分なところに行く護衛まではできぬということなのか。

何台かの車が舷梯のそばに到着して、一番最初に若いのと中年の、華やかな和服の女性二人が駆け上がってきた。

「トイレはどこですか」。年配の方が言う。

二人そろって急いでおられるからには寒空で渋滞に巻き込まれたのであろうと、当直航海士、目立たぬよう案内する。後で作家の真杉静江さんと小糸のぶさんとわかる。本に興味のない年配の船乗り、長旅の車内で隣り合わせた有名な女流作家に、私のことを知らぬかと話の途中で聞かれ、知らぬ存ぜぬと答えて、「相当気分を壊していたようだよ」と船に帰ってから己の無知を誇っていたことがあったが、男遍歴の多かった今回の女史、名前は知られたくなかったはず。

行事は終わった上に高貴な方はお見えにならぬ。名士の方々も数多く混じっておられたに違いないのだが、久方ぶりの日本の味、飲むほどに賑やかになり、宴の香り船内に流れ、船乗りども、部屋の戸を閉ざし頭を抱えて眠らんとする者、スルメの尻尾をかじって飲む者、いつの日にか国に帰らんの想い多し。

翌日より労働者諸君との付き合い始まる。彼らの第一報。

「戴冠式が済むまで身を清潔に保てと女王に進言した侍医、クビ切られる」

ドッカー諸君と

舷梯をいちばん最初に昇ってきたドッカー（港湾労働者）が、レパルスを沈めた奴らだと、上から見下ろすこちらと目を合わさないようにして言った。一九四一年十二月十日、開戦後すぐにマレー沖で戦艦プリンス・オブ・ウェールズと共に日本海軍航空機の魚雷と爆撃によって轟沈した巡洋戦艦のことだ（大きな方の名前を思い出せなかったらしい）。

日本船に来て働くのは不満だと思っている顔つきばかりが甲板に広がって荷役を始める。「おとなしい人間」もいるのだろうが「粗野な人間」もいて、早々にトラブル発生。

昼の食事の時間になって普通船員の食堂に大勢でやってきて湯沸かしのお湯を全部さらった挙句、さらにこちらの昼時を無視して場所を占領してお湯の沸くのを待っているから、乗組員は飯の用意もできない。若いのが、お前ら出ていけと背中を押した。辺りにいたのが、お茶が飲めないのなら働けないから仕事を止めて降りていくと騒ぎ出す。

ジリー・クーパー女史の『クラース—イギリス人の階級』によれば、彼ら労働者階級のなかの一部の人間は、しょっちゅう大酒を飲み、夜な夜な大騒ぎをし、おおぜいで喧嘩をし、また何事もちゃらんぽらんだと書いてあるが（まるで上流者階級といささかも変わらないと付け加えてある）、その頃はまだそんな高尚な本は読んではいない。負けてたまるかと、この辺りまでの事情の変化のまとめ役は三等航海士の仕事だから、勢い込んで彼らの首領（?）の所へ行って、乗組員の都合も考えてもらわなければと、強面を突き出して言う。ボス、無言で凄む。

代理店の兄さんが中に入って、時間を分けて使用することになったが、元はこちらの物だ。敗戦国ながら釈然としないで水場をうろついていると、遠慮がちにお湯を取りに来た年配の労務者、ワイフの作ったケーキ食べないかと紙包みを開ける。いい人もいるのだと少し和む。されど翌日、本人、大喧嘩を始める。

日本からその頃よく生糸を輸出していた。傷が付かないように積み下ろしには気をつけるのだが、つきっきりでいくら言っても梱包にフックを引っ掛けて引き出す。そばへ行って面と向かって言わないと止めない。

翌々日、ウイスキーの積荷が始まった。一つのハッチにばかりいる訳にはいかなくて、監視の目が届かない間に箱をこじ開けて堂々と飲んでいる奴がいる。下りていって突き飛ばすと、酔っ払っているのかひっくり返る。全船大騒ぎとなる。一等航海士は根性のあるしっかりした人で、遠慮せずに取り締まるように言っていたから強い態度に出られたのだが、労務者全員、取り急ぎ下りていってしまった。

支店のポートキャプテンと労働組合、一等航海士の話し合いが始まるが、向こうが間違っているのだからこちらが謝ることはない。詳しくは覚えていないが談論の末、何とかけりがついた。さらなる不都合を避けて三等航海士、当日隠居。

いろんな上司に仕えることになり、外部とのトラブルに耐えられないで、どのように行動すればいいのか迷わざるをえない人にそれから以後何人もお目にかかるが、あのとき味方になってくれた英国の船長上がりのポートキャプテン、一等航海士、思い出すたび立派なマドロスだったと思う。

とにもかくにも、わが第一歩は散々たるものだった。

ロンドンのパブ

玉村豊男さんの『ロンドン 旅の雑学ノート』のなかにある「パブの生態学」と題して書かれた一文によると、古い歴史を持つ由緒正しい名店、本物のビクトリア時代のインテリアが自慢の店、文学者にゆかりの店、ガイドブックに載っていて観光客がやってくる店、人品卑しからぬエリートが集うビジネス街のパブ、若者やホモたちの店、劇場の楽屋口にあっていつも俳優たちがたむろしている店などなどとあり、さらにどこの裏通りにもあって店の近くに住む常連客で賑わう地パブがあるという。

船が着くイーストエンドについては、最下層の労働者、船乗り、東洋から流れ込んできた移民などが住む貧民街で、昼間でも近寄る勇気がないとあり、さらに「汚職、泥酔、売春婦、泥棒、牡蠣、鮭の酢漬の溜り場」と、ディケンズの書いたメモも付け加えてある。

英国人は日本人が嫌いだと、ものの本に書いてあったから、市内にはあまり出かけない。

マドロスに相応しいイーストエンド、少しは馴れた近くのパブへ何航海かのあと飲みにいって、土方、馬方の喧嘩に船方として立ち会った三方揃い踏みのお話を少し。

喧嘩をしたのはこのあたりの住人の港湾労働者、本船に来て相変わらずごろまいている連中と、エリザベス二世の持ち馬を本船で日本に輸送する世話係として乗船した、後でわかるのだが行足の強い博労の爺さんである。

ロンドン訛りのべらんめえと河内弁とで口角泡を飛ばしているのだから何を言っているのかさっぱりわからないが、大勢いる土地の人間に、少しはお前らよりは上等だと思っている爺さん、馬も積み込まれ明日はお発ちとビールをあおっていい気持ちでいるのに嫌がらせでもされたのか、受けて立って騒動になった。

何人かに取り囲まれ爺さんが不利になったので、同行の二等航海士が放っとけと言うが、明日から関係のある人間だから助けにいく。

俺たちだけのこと、放っておいてくれとばかり押し返されて退散。なぜ日本人がと思ったに違いない。爺さんにこちらの好意通じもしなかったようで、後味悪いが要らぬお世話だったと納得。そのうち収まった。

博労、海を渡る

何日か前にカーペンターが来て、後部デッキに馬と豚を収容する木製の檻をつくった。馬一頭と豚、忘れたが多分十頭、乗船する。

博労の部屋はボートデッキの孤立した病室。様子を見にいくと壁に（昔のことで多分どなたもご存知ないと思うが）三浦光子、高杉早苗、水戸光子、桑野通子、橘公子などの写真を貼って、あれこれ指差して彼女だという。以前に同じ仕事で日本に来た経験があるのか、思いもかけぬほら吹き爺さん、パブで助けてやった思いから覗いてみたのだが、付き合い切れそうもないので、保守作業の打ち合わせ簡単に済ませて退散。

途中寄港したジェノバのバーで椅子を振り回して大立ち回りを演じたと、同行の甲板員の報告。東洋への遥かなる旅路を思い、動物の病気や時化を予感して、不安、不吉な塊に心を押さえつけられ、同じ西欧人のいる最後の港での何らかの印象が欲しかったのか。

文学や芸術にかかわって日本から欧州に来て勉強するのは始まったばかりだったから、帰りの航海は旦那の任地のペナン島に行く赤ん坊を抱いた若いイギリス婦人と、行く先は失念したが同国人の青年、他にパリで食い詰めて強制送還になった画家志望の少年（日本人）だけだった。

航海が始まって、爺さんは仕事、食事が済むとシャワーを浴び、身ぎれいにして客室のあるデッキまでタラップをご機嫌よく下りてきて、外からそれとなく廊下の様子を伺うのだが、気づかれては無視される。

事務長は、船客でないから中に入らないよう伝えている。数少ない同胞と隔離されているのが、老人には身に沁みて辛いに違いない。

最も聡明で教育水準の高い上層中流階級とまでいかなくても、サッチャー首相と同じ中層くらいだろうから、婦人には船内の規則はありがたかったのかもしれない。老人は打ち捨てられ、青年との関係が別れる日に燃え尽きるまで続く。

爺さんが予感していたに違いない荒天が、インド洋に出て早くもやって来る。流れる雲が増え、やがて空一面を覆い暗澹と垂れ下がると、群青色に広がっていた海は鉛色の大きなうねりと化し、さらに大波となって、船が揺らぐたびに舷側の排水口から大量の海水が甲板に流れ込み、波打って小屋を直撃しはじめた。破損を防ぐため船長は針路を調整する。我に利あらず、いくつかの木枠破損、豚飛び出す。

林望さんによれば、イギリスの豚たちは家族単位で立派な家に住み、草原に出て草をはんだり、そこら駆け回ったりして楽しく過ごしているそうだから、狭い木枠に入れられた当初からブウブウ文句を言っていたが、解放されて喜色満面、猪突猛進を始めた。航海士、甲板員、全員が出て、爺さんを助けて豚を一箇所に集める。ずぶ濡れの惨澹たる苦労。主役にならなければと彼、咬まれて相当の傷を負う。

この事件の後、何か期するものがあるのか彼は変わっていく。

異邦人の中の三人に過ぎないが、老人は二人に近づかないようになった。客室のあるアッパーデッキの船尾側の外を通って小屋のある下のデッキに、同胞への思いは捨て去って直行する。動物への愛憎が故国の社会の仕組みを身に沁みて感じさせたのか。

晴れた日の昼間、老人、ボートデッキの日陰で鉛筆画を描く少年クロード某の横に座って碧い海を眺めている。一段上の船橋から眺めている三等航海士。漂白の清潔な（？）人生は孤独だ。

キャプテン某

イギリスの大航海時代が始まったのは、ポルトガル、スペインより半世紀遅れて十六世紀半ば、バーソロミュー・ディアス、コロンブス、バスコ・ダ・ガマ、その他大勢が海賊まがいに世界の海を東西に駆け巡り、国に莫大な富をもたらした後のことである。

一五八七年、エリザベス女王はチャールズ・ハワード卿を最高司令官に、フランシス・ドレイクを次席に任命、翌年、英艦隊は英仏海峡で仇を取りに来たスペインの無敵艦隊アルマダを打ち破り覇権を得る。副司令官は上官を差し置いて、逃げ遅れた船を自分の捕獲物として荒くれ海賊のごとくさまざまに略奪した。

それより以前一五七七年、ドレイクはイギリス人として初めて世界周航の旅に出て、二年九か月にわたって、南アメリカのスペイン植民地でインディアンや艦隊の攻撃を退け、乗組員の反乱は首謀者の首を切り、座礁すれば速やかに修繕を終え、略奪、殺人を続け、莫大な成果を持って帰還。大商人、貴族、国王など、航海への出資者たちに四千七百パーセントの配当をもたらす。女王の取り分は三十万ポンドを下らなかった。一船乗りが全イングランドの英雄であるばかりでなく国際的な人物となり、女王は「サー（卿）」の称号を与える。

やられっ放しのスペインの大使メンドーサは本国のフェリペ二世に、ドレイクは長時間女王と過ごしていて、非常にお気に入りの様子だと書き送っている。表面を五個のエメラルドで飾った冠、ダイヤモンドの十字架まで差し上げているのだから、貴族にしてもらって当然の結果だ。

さて、日本が国の外に目を開くのは十九世紀も半ば、すでにビクトリア朝イギリスが世界の市場を支配する大帝国の地位を誇っている時代になっていた。倭寇や漂流船を除けば、一八六〇年やっと幕府の咸臨丸が使節を乗せてアメリカに渡った。艦長・勝海舟、幕臣ゆえに明治の元勲とはなれなかった。

戦争には負けていないがイギリスから多くの植民地が消え、アメリカ外交に追従している現今、陸海軍の将官、船長で、爵位のある人物がどれくらい存在するのか不明だが、クイーン・エリザベスが戦後初めて横浜に入港したときの船長は「サー」であった（格式、誇り、共に高く、水先人に操船させず、己でやって港内の赤灯台に打ち当てる)。

イギリスにおいては、かくのごとく船長には伝統的に値打ちがあったから、日本からやって来る客船の船長には彼らも一目置いたようだ。

薩摩治郎八という人が書いている。

戦前の日本郵船欧州航路のナンバーワン船長に奥野という船長がいた。英国人との混血のロマグレ、二十五貫の脂ぎった大トロ型、英語はもちろんのことフランス語も達者な外交船長ときていたので、肝胆相照らす仲となる。海軍将校気取りの(高級船員はすべて海軍予備士官だった)物わかりのにぶい連中が多かった中に、彼ばかりは如才のない社交家だった。

当時、航空路のないマルセイユまで彼の船を選んで往復し、金髪の美女と三人、毎夜船内のバーで飲み明かす。女とのかかわりのお話がさらに続き、豊かな気分の航海を美女と共に満喫し、船長は、「私の瞳にチラリと皮肉な、しかし善意に溢れたウインクを投げかけた」とのこと。

華やかな客船の時代を知っている人はもういない。しかし奥野某より端正で気品のある船長がいくらでもいて、船長ゆえの社交界の英人たちとの交流は幾多あったようだ。

戦争が始まり、船員または海軍士官として彼らの多くは戦死したが、生き残った船長たちのほとんどは恥辱の海には帰ってこなかった。奥野某のみ占領軍の中にいて大声を出していたのを見たことがある。

ドレイクや大トロ型より色白の端正な海軍士官型のほうがずっと良いと思いながら、どんなにひっくり返ってみてもそんな立派な船長にはなれず、隠居して老いた。残念。

アントワープ―露に濡れた石畳

どくとるマンボウが六百トンばかりの水産庁漁業調査船に船医として乗船、各地で見聞を広げ、躁を振りまきながら根をあげもせずここアントワープにやって来たのは、新造の貨客船で新米の航海士が到着した日から数えて六年後のことである。本船が戦後最初の日本船だったかもしれない。

北海からシェルト川を遡って、大阪で言えば中之島の図書館の前あたりの川に居座った。と言っても、そう簡単にたどり着けない。途中、靄が川筋に流れてきて、船首のマストまで見えなくなると、狭い川だから動けば確実に衝突する。すべての上り下りの船が錨を入れて泊る。そろそろと小さいのは流していく。汽笛や鐘の霧中信号が衝突の恐怖をかきたてる。

乳白色の靄が少しでも薄くなると、一斉にカタツムリのごとく動きを始める。上がりまで何時間を要したか記憶に無いが、しっとりと黒く濡れた側面を見せる岸壁に夕刻になって疲れてたどり着く。

岸壁の上に川と平行に歩廊があって、そこに建てられた洒落た小さなレストランが船の我が部屋と同じ高さの手の届きそうな横にある。あたりが暗くなりはじめて柔らかな色の電灯が壁と食卓を飾りはじめると、まったく関係もないのに嬉しくなって気持ちが華やぐ。彼女でもいてそこに座っているのをダニー・ケイみたいに夢想していたらしい。

路を隔ててすぐにマドロスさんのための飲み屋が川筋に沿って遠く上流まで続く。何度かあとの航海で一等航海士に誘われ、さらなる川上に着いた船まで、大正バーと名乗る三代続きの日本びいきの店から始めて、軒並み一軒も飛ばさず七、八軒はしごをしたが、いま思い出してみると、どの店のマダムも日本人には好意を持っていてくれたようだ。

七世紀にすでにフランク人によってこの街が建設されたとの文献あり。その後ハプスブルク家、オーストリア、ネーデルランドなどの時代を経て、シェルト川の交通を差し止めたり開いたりして国の存亡を左右して、ベルギー王国が最後に築き上げられる。

翌日、街に出る。目の前のレストラン、暗くなるまでは化粧を落とした中年のごとくみすぼらしい。空しく消えたが今宵また美しい人が来て新しい夢がやってくるはず。

マンボウ氏の言ういかめしい建物はいつの時代のものか。市庁舎やギルドハウスがどれだけ古いものかは不勉強で不明。

パンタグラフのでかい市電の走っている路は右へ左へ間断なく回り、港の近くには電車路が無いから船には帰るのに一苦労する。これはマルタ島のバレッタと同じように敵の侵入を防ぐためらしい。外出のたびにノートルダム寺院の尖塔を遠くに望み、目標にして帰ってくる。

どこの寺院の前も円形の広場になっていて、花や果物、野菜の店が並ぶ。街にも薄靄がかかって、周りの黒くくすんだ古い建物が霞む。イギリスで買い損なったソーセージの屋台があったから、ドイツのほうが旨かろうが、買う。

帰り、露に濡れて光る石畳の小路がきれいだ。この港が舞台の映画『デデという名の娼婦』の、起伏のある石畳の地平の向こうから、陽が昇りはじめて、濡れた敷石が闇から眩しく輝いてくる、白黒の映像の強烈な印象がいつまでも残っていて、何航海か後、やっと貯めたお金で、ハンブルクでツァイス社のイコンタを購入、荷役の暇を見つけてはブローニーのフィルム二、三本ズボンのポケットに入れて出かけ、路に寝転んで何枚も石畳を撮ったが、いかにしても名監督の絵にはならなかった。

若い頃この地で脱船して、船食（船に食料品その他を供給する商売）として成功したQ氏、何度も商売のために訪船、いろいろと個人の買い物の世話もしてくれる。苦労が多かったのか、柔和な表情の奥に、時に話によっては非情さというか鋭い緊張が走る。彼の話では、はっきりとは言わないが、大正バーにはいろんな経緯があったらしい。多くのベルギーの女性が日本人と結婚している。ドイツや英国のような諸々の事情が少ないためか。

三日留まって離岸、難渋の川下り始まる。

ロッテルダム—見送ってくれた子供たち

ライン川。中部ヨーロッパ最大の川で、アルプスに発して北海に注ぐ。経済的にも文化的にも世界で最も重要な川の一つと言われる。

牧牛の行われる谷底平野を流れ、古城や伝説のまつわる岩のある深い峡谷を過ぎ、ケルン、デュッセルドルフの街を貫き、数多くに枝分かれしながら北海に至る。支流の一つレク川の海に近くロッテルダムがある。

ＮＨＫのテレビで、古跡や都市を奥地から河口まで下って取材した番組があった。無事終わり、最後の海に面した灯台まで映って、成功を祝ってロッテルダムの桟橋で乾杯する場面があって、キャスターの桜井さんに、もうこの次は結婚ですねとスタッフたちが言っていたのを思い出す。僕が行った何年ぐらい後のことだったのかわからないが、家に居て、長いあいだ行く機会のなかった岸辺の風景を懐かしんだのを覚えている。

アントワープから北海に出て、しばらく岸沿いに北上、狭い水路を抜けて荒れた海に出る。フック・オブ・ホランドの沖に至り、水先人が高波に苦労して乗船、河を上る。左舷側の岸辺に沿ってロッテルダムから河口までの鉄道線路があるらしく、本船を追い抜き、また反対の海の方に向かっていろんな編成の電車が走っていく。フック・オブ・ホランドからイギリスに渡るフェリーがあり、列車はさらにハンブルク以北に行くのもある（NHKの取材は北海の見えるこのあたりで終わっていた）。

遡って目的地に至り、街から離れた外港に接岸する。仕事が無いのでコンクリートの岸壁から柵の外へ出てみる。砂地と草むらの空き地が広がっていて、百メートルほど先の道路をときどき小さな市内電車が走っていく。道の向こうは少し高くなっていて、遠くに赤い屋根の家が並んで見えるので、一諸に出てきた三等通信士に、何か人恋しい気分もあって、あの向こうに鉄道の線路があるはずだから見にいこうと声をかけて歩いていく。

誰もいない住宅街の路を抜け、線路脇に座って通過する列車を何両も見送る。遠距離列車らしい洒落た車両の長い車列、岬停りのローカル電車。高い位置から見下ろしてすぐ過ぎる人たち。一瞬目が合う顔もあって、しばらくのあいだ気持ちがついてゆくが、すぐ消える。遥かに来たものだ。

翌日から荷役はじまるが、労働者、イギリス人より穏やかに我々に応対する。過去の戦争への思いの差か。

仕事の合間を見て三、四人で街に出る。どくとるマンボウはこのあたりの料理はあまり旨くないと書いているが、先駆者のこちら、船の食事よりはましだろうと、百貨店とスーパーの中間くらいの店に入って上の階の食堂に到着。セルフサービスで、色とりどりの食べ物を載せたトレイを持って席を探しているごついおばちゃんの群れの中に取り込まれる。何を食べたか思い出せないが、年配の何人か、あれが美味い、これにしろと、ショウケースに並んだ料理を手に持ったフォークで示して教えてくれる。

戦争で街の大半は廃墟になり、今の建物は戦後に建てられたもの。すべて明るい色の現代建築で古い歴史を消してしまっているが、老婦人たちの服装は同じような白と、原色の混ざった明るさだ。そして敵国の人間にどこの国より明るく情を持って接してくれるからありがたい。心腹ともに満足して引き揚げる。

揚げ荷が終わったが、積荷がぼつぼつとしか来なかったのか、停泊が延びていた。草むらに出て五、六人でボール投げをしていると、電車路を渡って碧い目や茶色の目、茶褐色や金色の髪の小学生たち、怖いものを見るようにそろりとやって来た。昼間のおばさんたちと同様、英語で少々は会話が可能、野球の遊び方を教えてやる。三等通信士と探索した住宅から出てくるに違いない男の子たちさらに増え、自転車で市内から近くのスケダムスキーへ向かう勤め帰りの紳士や娘さん、ペダルから地面に足を下ろして、きたない作業服の黄色いのと何をしてるのかと遠くの道から訝る。

翌日もまだ暇なので、砂地に円を描いて相撲を教える。若い甲板員、機関員の兄さんたち、童心に返って遊ぶ。今日は彼らの姉ちゃんが何人かついてきているので、三等航海士は澄まして眺めているだけ。あれだけ心臓の強そうなマンボウでも、文中に女性と会話を交している箇所皆無。ましてや陸に縁のない人間、選択する言葉も無い。

荷役が終わって出港する日、学校は終わっていたのか、港湾関係の父親に時間を聞いていたのか、岸壁には入れない、境界の大きな鉄格子の上から下までいっぱいに張り付いて、大声で叫びながら見送ってくれた子供たち。胸に重たく響いてくるものを抱えて河を下る。

日本を含め世界のどこに行っても、二度と気持ちの残る子供たちに逢うことはなかった。

陸に上がって船を想う

夢を見る

雪は柔らかく深く、難渋するほど積もって、道幅はわからない。端のほうを歩いていて、そこだけ少しずつ高くなりはじめていると気がつき、立ち止まろうとして、雪の底に黒く沈んで少しは灯りのある低い町家が後ろに遠くなり、何ひとつ無い闇夜の行き先に目を送っていると、軽くだったがだしぬけに低い後ろから袖を引かれた。

××さん、確かそう言った。白い装束に顔の見えない同じ色の被り物。高くなったところから下りていって邪魔なものを持ち上げ顔を覗く。先ほどまでみんなと一緒にいた友人の奥さんだとわかって並んで歩く。以前に座談会で同席した有名な評論家が某氏の全集を思いがけず日が経ってから送ってきたと、他人事のように笑ったことがあった人。

どうしてそんなことをしたのだろう、袖口から手を入れる。すっと入ったから白い装束は着物だったのか、肩口まで届いて氷のように冷たい。

水先人になって、たまに客船の出港時に仕事が当たると、少し早い目に乗船する。客室のある各階の吹き抜けのホール、傍らのサロンやバーを眺めながら船橋まで行く。時間がないと乗組み専用のエレベーターで直行しなければならない（お客で乗れる時代になって、そんな趣味（？）はなくなったが）。

その客船のバーのような華やかな灯りのある小さい部屋で何人かの男女で飲んでいて、僕はひとり出て、行く先もわからないまま歩いていたのだが、冷たい肌に触れ、ああ、これは夫人ではない雪女だと思った瞬間、女は消え、目が覚めた。布団から出た手に冷房の風が当たっている。

生活が海の上だったから、女の人と二人で歩いた経験などほとんど無い。夢にも女人は出てこなかった。嫌みのみ残りそうだから書くのは遠慮したほうがいいとも思うが、宝塚や日劇の女性に誘われても失礼してきた。病気の旦那の代わりに大阪へ買い付けに行った前の席の女性に、夜、名古屋から先に行く乗り換えの汽車がもう無いから降りて旅館に行こうと、『三四郎』のように手を引っぱられたが降りなかった。同席の男二人、もったいない、どうして降りないんだと、代わる代わる言っていた。

「あなたはよっぽど度胸のないかたですね」

小説のモデル、小宮豊隆の場合と違って、そうは言わずさっさと降りていった年上に違いない人を気の毒に思ったほど、当時まだ新米の船乗り、すれていなかった。

昭和五十年代、捕鯨母船で南氷洋に行ったときだみのるさんが書いている文章に、事務員の青年が暇があると国鉄の時刻表を眺めているのに気がつきいろいろ尋ねる箇所がある。

「持ち家を売ったのと貯めたお金で、南向きの傾斜地を三百坪ばかり手に入れ、庭と菜園の間に蜜柑を植え、家の屋根は赤瓦にします」

いつか東京詰になって家族と一緒にそんな家に住めたらと、彼の夢は続く。

満たされない欲望、消費されないエネルギーが捕鯨船あたりでは人々の空想を駆り立てたに違いないが、多くの人間が明日を夢見ることで日々を過ごした。

目覚めていて見る夢。寝て見る夢。

年をとれば前者は皆無。寝て見る夢だけが楽しみ。女人経験が少ないから知らぬ顔ばかりで、ピントの合わぬ顔ばかりだが、「見目麗しく情けあり」の思いを持てる女性ばかりが出てきて、やがて消えてゆく。

雪女に変身した奥さんとは、最近は旦那ともども疎遠になった。肩口まで手を突っ込まれたのを今頃になって感じているのか、聞けば連れ合いに張り倒されそうだから黙っているのに越したことはない。

何度も言うようだが、すべて昔の船の話です。

シーコ

土井さんたちの意思どおりに日本は弱い国になってしまって、その状況がドンドン加速していって、大部分の臣民諸君、生きがいを感じられるような目的、この国の今のありさまでは持てず、汚い巷で安易に安っぽい情を交わし、テレビで芸の無い軽薄タレントが騒ぐのを退屈しながら眺め、バカさ加減に醒めては無為なる思いに至る。街にも田舎にも極悪非道な輩が増え続けているのを見かねて、時に風水雷神、世を清めんものと風水害を起こす。

かくなる状況、今まで虐められた輩にはまたとない好機。中国、韓国、傲慢に己たちの価値観を弱者ニッポンに押し付け、今のもこれからのも総理大臣、靖国神社などに参拝することまかりならぬと声を挙げる。弱国の現首相が蟷螂の斧を振りかざしても、北朝鮮の方を向いて尻尾を振り続けている半島の大統領、東シナ海、南シナ海への覇権を狙っている大国の主席、両人とも鼻もひっ掛けず。さらばと状況判断に秀でたる媚中派政治家が跋扈しはじめ、南京虐殺記念館を訪問して献花、中国側の姿勢に心の豊かさを感じる元大臣、遺族会会長。しゃらくさいから世のなか見ないことにしているのだが、近頃カー公おとなしいので、つい目がいく。

なぜこんなくだらぬことを書いているのか？

言いたかったのは、多くの人たちはそうではなかったが、韓国や中国の人たちの中には、訪れた敗戦国の日本人に優しく接してくれる人が何人もいたということである。

戦後すぐアメリカのＬＳＴと称する小さな船で釜山に行った。街外れの丘に上って港を見下ろしていると、若い男がやってきて草の上に並んで腰を下ろして、近くにある女学校の教師だと名乗った。同志社を出たと、ぽつりと言う。沈黙して言葉を探している風だった。遠い沖を眺めながら、もう一度京都に行ってみたいと小さい声で言って、誰かに見られるとまずいのか時々学校の方を振り返っていた。黙って座って顔も見合わせず、何か心に通じ合うものを感じながら大した別れの言葉も交わさず別れた。

何年か経って日本船で行くようになって、代理店も出来て、そこにいたソウル大学卒業の一人、エリートだろうが、国内では想像もできないほどにスマートで爽やかに接してくれた。政治的な理由のほかに、軽薄な若者が大挙してやってくるから、日本人を見る目はこれからもさらに変わってゆくのかもしれないが、古い時代、彼らは過って虐めた人間に心を見せてくれた。

ここでやっとメインのお話。

どこの港だったか思い出せない。三等航海士の頃、ばくち打ちの（？）甲板部の兄さんたちの後について出かけていって、彼らは馴れたもので汚い民家に入った。薄暗くて煙の臭いのする汚い土間に黄色い東洋人が何人かたむろしていて、部屋の真ん中に丸いテーブルがあり、上に置かれた硬い殻の、日本では空豆というのか—四、五十粒の豆を汚い爺さんが四粒ずつ短い木の棒で横へ寄せていく。何人かがテーブルを囲んで、一、二、三、四と分けられた枠の中にお札を配って置いて、最後に何粒残るのか待っている。そのうち、うちのがやりはじめた。

どんどん負けていく。お金が無くなって、融通しあってひとりが最後の賭けに出て張ろうとしたとき、爺さん、シイコシイコとうわ言のように言った。四に張ってわずかなお金が残った。

因みにこの賭博「シーコ」と言う。どんなシナ語を書くのか知らない。

海の向こうに置いてきた夢

昔、ダニー・ケイの『虹を掴む男』という映画があった。何かに触発されて、おとぎ話みたいに幸福な、さまざまな世界を夢見る。一場面だけ覚えているのは、オーケストラの指揮者になって楽譜をめくる音を、新聞紙をくしゃくしゃ丸めて出していた場面だ。ズボンもずり落ちる。一流の喜劇役者だったから、すべて無言の中で演じられる仕草が楽しかった。今の芸が無くて喚いてばかりの日本の軽薄なタレントなど、下劣で愚の骨頂にしか思えない。

夢見るあいだ現実にはどんな動きをしていたかは、必要が無いから映画の画面には出てこない。しかし、以前に乗り合わせた若かった普通船員の何人かの諸君、「夢見るとき」にさまざまなる動きをしたから、知らぬ人には奇異な目で見られる羽目になった。

お節介なF君と愛妻家のC君は甲板員で、おおむね同じ時間に航海当直に入っていて仲がいい。

Ｆ君の奥さんは病院勤めの看護婦さんだから、日本に帰って来てもまったく面会には来ない。彼のおしゃべりから察して、逢いに行く大した価値がないと打ち捨てられているに違いないと、大方の隣人は思っている。心身ともにお世話になった挙句、頃合いを計って脱走を試みたが、首の根っこを押さえられて頓挫、結婚したが、来ないのを幸い、ろくに仕送りもしないで巡る港々で飲んで高揚するが、航海が始まるとたちまち我が家の方向に向かって土下座、母ちゃん、すまん、また飲んでしまったと、頭をデッキに擦りつける。しかし決して反省はしていない。

もらってきてくれと言っていると嘘をついてＣ君の給料袋を事務長から騙し取ってくる。大男のＦ君に小男は文句を言えないのではないかと三等航海士は心配していたが、いい加減の日が経ってからＣ君に聞くと、笑って、いいんですと言う。小銭で返却を続けていたらしい。

さて、船は検査と修繕のため造船所に入渠した。昔はのんびりしていて、短くても二週間はいた。乗組員全員、夜はドックの宿舎に寝泊りするかホテルを取る。Ｃ君夫婦は新婚のごとく寄り添い、兄貴分のＦ君は身を持て余して要らぬお世話にかまけ、観察した経過を僕のところに報告に来る。

煙草を頼まれた奥さん、安いゴールデンバットを買ってきた。C君はそれが不服だったらしい。一本ずつへし折るんだから、と奥さんの泣きながらの仕草をC君もいる場面で実演する。

聞いた話だが、一夜ご夫婦あつまって懇親会みたいなものをやって飲んだ席で、男一人のF君、誰かに歌わせて、花も嵐もと踊りはじめた。踏み越えてと来て、誰かの膝を踏みつけ、男の生きる道で茶碗と箸を持ってご飯をかき込む仕草が真に迫って、大いに受けたという。しかし、宴果てて独りになったとき、どんな気持ちでいたのかと思う。

何日かして、家の嫁さんが来るのでC君に海辺の工場界のある駅まで迎えに行ってもらったが、着くなり嫁さん、ぶつぶつ文句を言っている。駅を出ると新聞紙を長く張り合わせて幟みたいにしたのを竹竿にぶら下げた小男がいる。新聞紙に筆太に××様奥様お出迎えと、黒々と我が名前が書いてある。怪訝そうに人が見るから片づけてくださいと頼んだが、C君は竹竿を捧げ持って嬉しそうにニコニコしながら歩調を取って歩き出した。致し方なく距離を置いて顔を上げずにドックまで歩いてきたらしい。早速文句を言いに行くと、F君が全部段取りしたと澄ましている。バカ者どもだ。

港を出る日、C君は舷門のところで嫁さんに寄り添ってメソメソしている。F君は二人に目をやって、掛ける言葉もないのだろう、黙って舷梯を上げる用意をしている。見守っているつもりか。

広い海に出て、舵を取りながらC君が小さくいつまでも笑う。船長が見とがめたことがあったが、F君から聞いていたので、奥さんといた日々を思い返しているのですと僕から伝えた。あまり好い顔はされなかった。別のときだがF君、ブリッジの袖に出て、見えなくなった陸をブルワークに肘ついていつまでも眺めていた。近い、遠い日を、それでも嫁さんを思いながら振り返っていたのだろう。

映画の夢見る男の夢は幻想だが、二人の夢は、海の向こうに置いてきた生きる糧に他ならない。

金どんの孤独

陸との通信手段がモールス信号だけだった時代から随分と機器の進歩があって、現在、船舶無線局は一人の通信士で賄っているが、戦後も何年かは送信、受信、気象情報を受けての天気図の作成など、船が孤立しないで運航できるには三人の通信士の職責に負うところが大きかった。しかし航行の動力を発生させ、航路と天候を見極めて安全な航海を維持する機関部、航海関係部署より職務の幅は小さい。

航海士、機関士は戦後大学になる（高等）商船学校、通信士は無線電信講習所（現在の電気通信大学）の出身者である。他に水産講習所、航空機乗員養成所、灯台官吏養成所など、地味な名の国立の専門学校があったが、凡百の私立大学より入学は難しかったと記憶している。

無線部は三人だけだったが、他の乗組みから孤立しないのが当然の成り行きだ。しかし、一等航海士のときに乗り合わせた通信長、自分を囲んでいる組織の機微、他人の目を意識して、部下はそうでなかったが、孤立した感情に終始していたようだ。

一等機関士、名は金×度、半島出身。×を書いてもいいのだが、まだ生きておられると迷惑になるので書かない。「金どん」という愛称がついて、穏やかな無口の人だった。

異国人の中という意識が避けられないのか、好い人に見えたが寛ぎの場に入って来ず、通信長の方から近づき、ふたりだけの殻に閉じこもり排他的になる。

船長は安全と秩序が船内で保たれていればかかわりを持ちに下へは降りてこない。機関長は機関部だけ見ていればいい。諸君のありさまは一等航海士が何とかしなければならない。放っておいてもいいのだが、食堂では雰囲気が悪いし、意思の疎通もおろそかになる。当直が同じ時間に終わるから毎夜どちらかの部屋でお茶を入れ、カーテンの奥で談笑しているが、他人を入れぬ空気が吹き出している。

と、ここまでは俳優の動かない舞台説明みたいで面白くもなくて申し訳ない。舞台の袖から登場したのは色白で口髭を生やした機関長、通称「髭増っさん」。増田某で愛想がいいからそう呼ばれる。いつか舞台裏で面白い（?）話をしてくれた。

湘南の山手に住んでいるから少し北に歩けばけものみち、親にはぐれた子狸を捕まえてきた。飼いはじめてからは臭くないようによく洗って、座敷に上げて家族と食卓を囲んで食事をするまでに育て上げた（狸がそこまでやるわけがない、と一等航海士）。何年か経って、ある日、散歩させていて首輪が抜ける。ちょうど捕まえた場所に来ていて、狸はちょっと歩いては腰を下ろして振り返る。おいお前、長年飼ってもらった恩を忘れたのかと声をかけると、首を傾げて考える（狸は首なんか傾げませんよ）。それからまた山に向かって歩きはじめるから、帰って来いと大声で呼ぶ。それで結局どうなりました。名残惜しそうに山に入っていったよ。増っさんはそこで舌なめずりをした。狸汁にしたかったに違いない。いい思い出に耽るようにご機嫌で駄ぼらを吹いたのはつい先日だったが、湿った顔で自分の部屋の外のデッキで海を見ているから声をかけると部屋に誘われた。

次の寄港地で本社に部下の考課表を送ることになっているのだが、金さんの持って来たのがすべて百点満点の六十点以下で、これでは出せない。三十点台のもある。日本人に対する敵討ちかと思えば、一人いる同胞の機関員も三十点台だから敵討ちにあらず。これじゃダメだと突き返して、その後どうなったかは聞かなかった。

なにはともあれ、船内の空気を和ませるべく、金さんとは打ち解けて話したいと気をつかったが、通信長が彼を取り込んで上手くいかない。

唯一の同胞の機関員は彼になつかず、俺はスラブだと言う。ミュシャの描く大草原にいたスラブ民族の歴史を知っているとは思えない。日本人をスラブ神話の侵略者にたとえる知識もないはず。ただ海にいればボヘミアンだとの意識はあったかもしれないが、一等機関士はこの不貞の同胞には陰では気をつかっていたようで、どこからか集めてきたダンボールなど、いないときに部屋に入って海に捨てていたと聞く。

どこかの港の沖に停泊して、夜デッキで魚釣り。金さんと通信長、二人くっついておしゃべりしながら糸を垂れているから、寄っていって針を分けてくれませんかと、ダメだとわかっていたが言ってみる。金さんブルワークから飛んで降りて、針箱を抱えて「ダメです、ダメです」と叫ぶ。相棒、糸を垂れたままにたりと笑う。その日ですべておしまいにした。

二人は疎外されていると想像して暮らしていたのか。先に下船してきて次の船でまた会ったのが言っていたのだが、外国の港で金さん、羽織袴に下駄まで履いて上陸していたそうだ。在日二世、彼は自分でつくってしまった意に適わぬ環境の中にありながら、心ならずも（？）日本人になろうとしていたのか。それなら狭い船の中、局長を押しのけて、もっと手を差しのべてあげればよかったと思ったが、後の祭りでした。

小鳥の来る日

確か吉田紘二郎という人の著作にこの題名の本があったように思う。このひとは「美しきかな日本」と耽美に耽っていた人である。

かなり前の話だが、「わるい顔の日本人が出てきたもんだなあ」などと亀田兄弟のことを何人かでけなしている雑誌に目をやっていると、日照りの強い夏なのに、メジロらしいのが一羽、庭の木にやってきて直ぐに飛び去った。

昔のナルシストと現今の大衆のありさまを代表するボクサーをどうつなぐか。上手くつながらないが、勝って雄叫びを上げる品のないスキンヘッドの男に歓声を上げている乙女たちを見、親を殺し子を殺し人を生き埋めにする輩のニュースを聞いていると、もうこれからは美しきかなニッポンなどという人間は金輪際でてこないに違いないし、日本国民、弱い国に成り下がった今、それでいいと思っている人もいるに違いない。

世間へのかかわりを減らし、目先を遠い昔に持っていった方が生きやすい。

小鳥のお話を少し。

船長さんになっていた。船がパナマ運河に入って北上、左右が深い森になっている辺りの水路をゆっくり通過していると、小鳥の集団が飛来して何本ものマストにとまって、羽を震わし大勢でさえずっている。船に乗っていつまでも移動している。もう冬が近いから、カリブ海から大西洋に出れば寒くなる。パナマの熱帯にいる鳥では身が持たない。親切心から甲板長に、みんなで追い払うよう伝える。

ぼんやりして森に帰り損ねたのが何羽か残って、寒くなった外では暮らしていけない。焼き鳥にはしそうもない人間を見つけるのは大変だったろうが、行く先の不安はさておいて何人かの部屋に潜り込んだ。

僕の部屋にも一羽。初めてご対面したとき、部屋の天井に近い壁に不安定にとまって、こちらの心理を推し量るようにじっと見下ろしていた。どうするかねと言っているようでもある。

机の上に水とカステラをちぎって置いておくと、こちらが留守の間は食べにきて、後は高みから見物している。ベッドの頭の上に小さな止まり木をつくり、餌もそこに置いておくと、何日かして来るようになった。様子を見る期間はほとんど無くて、まったく安心して一諸に暮らすようになるのにそんなに日はかからなかった。

横になると耳の中、口元をつつく。暗い間は止まり木で身動きしないが、夜が明けて明るくなると、起きろという風に顔をつつきはじめる。

荒天が始まって船が揺れ、止まり木では眠れなくなったらしい。水平が保たれるよう小さなブランコを作ってやる。そこにとまって昼間でも眠ろうと努力するがダメ。二、三日、声を掛けて見つめる。

餌も食べず、死が来る。軽くなった身体を綿にくるんで、身体に合った箱を探してもらい、買い物のリボンを掛けて海に流す。荒涼たる思い、何日か続く。

家に居るようになって、墓のある山のお寺の奥さんに無理を言って、飼っておられたメジロをもらってきた。本当は飼ってはいけないのはわかっていたが、可愛がっていて死に別れたのにそっくりだったので、家の者の反対を押し切った。

カゴに入れずに船でしていたように家の中で放し飼いにする。捕まえられた経験が身についていて、相当そばまで来るようになったが、前の鳥のようには当分の間ならなかった。

しかし半年余り経つと食卓に来て食べ物をついばむようになり、カゴの中に餌を入れてやるのが遅れると、そばに行って早く入れろと鳴く。そのうち窓のガラス戸の外に一羽が尋ねてくるようになって、未練があったが、その方がいいのだと決心して逃がしてやる。

万が一と思って、餌を一杯いれてカゴを庭に出しておいたが、何日かして二羽で帰ってきた。外に出たこともなかったのに、どうやって家を見つけたのか。

自分が先に中に入って食べ、出てきて連れ合いに大丈夫だから入れと促すような仕草をしている。相手が食べているあいだ入り口で見張りをしている。邪魔をしてはいけないので家の中から這いつくばって眺める。

だが残念ながら長続きしなかった。ヒヨドリが来るようになって、来なくなったのでカゴを片づける。カラス同様、大型の鳥は気に食わない。

同じように面倒を見てあげても上手くいく場合とそうでないときがある。人に対してもそれは言えることだ。役に立ったときはそれっきりだが、ダメだった人にばったり会って、あのときはお世話になりましたと寂しく笑われ、もっと何か言いたそうだが黙って去って行かれたりすると、寂寥感みたいな感情が来る。

大西洋の藻屑と消えたのと、彼女とどこかで暮らしているのと、二羽。友達も行く先も少なくなった、もう老人に違いない老人、いつまでも覚えている。

女医先生のお風呂

古い話だから、先生が前任者と交代して航海が始まって何日ぐらい経ってからとやかく言い出したのか、どうでもいいことだがわからない。

若い女医さんが乗るとトラブルが起こるに違いないと決めつけて、わが社では年配の人しか採用しないから、おおむね色恋沙汰は無いが、女らしさがあまり抜けてしまっていると、男のお医者さんの方がいいのにと少し乗組みは思いはじめる。船長である小生も他所の会社のように若い女医さんが乗っていればと思うが、いたしかたない。

「ちょっとお邪魔します」と眼鏡を光らせてある日、部屋を尋ねてきた。

トイレのドアの下が大きく開いていて足が丸見えだから船長のトイレを使わせてほしいと、切ない顔をして言う。断る理由もないので何卒お使いくださいとお答えしたのが悪かった。何日かしてまた上がってきて、お風呂もときた。

もののついでにどうぞと言ったばかりに、ボーイさんは二度も湯ぶねを洗わない、こちらが使ったあと水を洗い流してもう一度お湯を入れ、洗い場にも落ち度はないかと目配り毎日させられる羽目になった。

若い女医さんならこちらが後でも文句は無いが、いやいや、船内あげての非難と中傷を受けるに違いないからそれはできないだろうが、どうも年寄りの後は気持ちが進まないが、当分そういうことになってしまった。

最初に、とやかく言い出したと書いたのは、トイレ、入浴の件だけでなく、こちらの耳までは届かなかったが上司の事務長に種々要求があったらしい。

若い甲板員が何度かご厄介になった結果お気に入りになり、何かとお世話を始めた。お礼に先生が声をかけたのか、毎晩部屋に二、三人集まっては宴会が始まる。年寄りといっても六十代の始まりあたりだろうから、風呂上がりに部屋の入り口ちかくのソファーの隅に腰を下ろして小時間しゃべってゆく風情に少々「女性」が見えるときもあったから、色気も少しは見えて、お互い愉しんでいたようだが、若い取巻きに遠慮して職員は合流しなかったようだ。加熱してバー××と看板まで挙がる。

香港、シンガポール、カルカッタと一等機関士にくっついて上陸していたが、もう少し女らしくしなさいと飲んだ席で言われ、先生、怒り心頭に発して泣き喚いたと報告あり。

風呂上がりのつるんとした顔で、医専時代ホルマリン漬けの死体を腑分けしての帰りの電車に乗ると異臭を嫌って乗客たち一人としてそばに来なかった話、産婦人科を開業していたとき近所のオバハン連とは口をきかなかった話、親子でやって来て娘が子供を堕す決断がつかずもめているから怒鳴りつけて帰らせた話などなど、毎夕一席、船長に横を向かれては困ると品位を失わない程度にやってくれたが、人柄をお察しして、いかなる容においてもかかわりを持つ気持になれなかったから、百閒流に言えば「君子の交わりに似て淡きこと水の如く、或は風馬牛相及ばざるの概」をいつまでも保たねばならぬと船長さん、老女に相対するたび己に言い聞かせる。

一等機関士と揉めた後、旬日を経ずして先生、若者にあたることはないと思うが、バーの看板を引きちぎり波立つ海に投げ捨てたと聞いた。

諸行無常、陸の汚い職業（堕すばかりで嫌気がさして海に出たと言っていた）に戻らなければならないのかと思案は続いたに違いないが、年の功だ、サロンでの食事時に一等機関士の顔を見ない以外は、いつもと変わらなかった。

もう一人、台湾出身の女医さんと乗り合わせたことがある。病院の心臓外科にいたと聞いたが、居心地が悪くて出てきたのか。身心ともに強健な感じで酒も強かったが、他民族のなかで独り暮らす神経がいつも張り詰めている雰囲気があって、弱さを見せなかった。女っぽさを感じさせるのを嫌ったのか、バス、トイレを使わせてほしいと言って来なかったから航海中あまり口をきくことも無かったが、夕方になると若いのとよくデッキビリヤードをやっていて、仁王立ちになって構え、相棒がへまをすると大声で叱咤するのを何度か部屋の窓から目にした。負けると涙ぐんでいたというから人はわからない。終わって時には下の食堂に下りて彼らと一献傾け、悩みを聞き、泰山木の大木のように若者の真ん中に聳え立っていたようだ。存在は遠く、気にかける必要も無かったから、これといった記憶も残っていない。

　話は戻って、先の女医先生、何日もの間、面目が立たぬと思ったのか、風呂を済ませ部屋のカーテンの陰からありがとうございましたと小さく声をかけて帰っていたが、そのうち、通いなれたごとくすっと入ってきて定位置に座って黙ってごそごそ身繕いをしている。こちらと親密な関係がありそうな面持ちでじっとしている。お前さん、いかなる発言をするのかと待つ風情。若い女医さんなら瞬時の情に負け、立場を忘れてかかわりを持つところまでいったかもしれないが、風呂に入れたりしなければよかったと反省の思いのみ。言葉見つからず立っていってお茶を入れる。相手は船乗りでなくてお医者さんだと少し構えた気持ちになって、実のある話はしなかったように記憶している。

あの後、暗くなった外に誘って出て海を眺めていた。黙って見守るだけで、先生の心情のなかに入っていくことはできない。自分のことだけお互い考えていて、明日からお風呂の準備は自分でやりますからと言う。その方がお互いのためにいいはずだ。

船乗りは海藻のように漂って世界を巡るが、先生、行く先やいずこ。

女優

旧制中学校のクラス会があって、隣にいたのが死にかかって三途の川を渡った話をした。動脈瘤がひどくなって大動脈が全体に腫れ上がって、上から下まで人工のものに変える大手術をした。いかなる時点の眠りの中でそこへ行ったか不明だが、渡った向こう側に最近死んだばかりの男が立っていて、よく来たと両手を出して迎えてくれたと言う。

そんな見てきたような嘘を言ってはいけないと言うと、嘘だと思うならそれでいいと素っ気ない。三途の川はどぶ川で、向こうにお花畑などなかったと言うから、それはおまえさん日頃の行いが悪いからだと絡む。

戻らなければいけないと途端に思った。次の瞬間、目が覚めると嫁さんがベッドに覆いかぶさるようにして顔を見ていた。もう少しで死ぬところだったんだなと言われてみると、そうやって旅立つのだろうと思う。

それから何日かして、弱った心臓の検査で入院した。X線に写る造影剤を冠状動脈に入れ、カテーテルを挿入して検査するのだが、死に損なったといった同窓の話が尾を引いたのか、おかしな夢を見る。

広い川があって向こう岸に女が立っている。いつも海にいたからそう見えたのか、川は海のように広漠として、流れる水は青く澄んでいる。それが多摩川であり、こちらが横浜、川向こうが東京だという認識がある。女の容は朧で、ひっそりとして動かない。

テレビ局に昔からの友人がいて、横浜に入港しても東京まで出かける気持ちの余裕はめったに持てなかったが、暇があれば何度かは会いにいった。船長になると港では余裕ができて、たまには美人を連れて来いよと気まぐれに言っていたのが本当のことになってしまって、銀座に行く。上品だが居酒屋、カウンターに二人で座っていると、化粧の濃い臈たけた中年の女が入ってきて無言で演出家の隣に座った。以後、彼女との薄い縁が始まる。

手紙を出したり電話を掛けた記憶は残っていないのだが、船会社に入港の予定を聞くのか、住む世間のかけ離れた人間に興味があったのか、高名な舞台女優、たびたび横浜までやって来た。いい格好をしてグランドホテルへスモークドサーモンを食べにいき、時には元町を歩く。

何度か彼女の舞台を観にいく。歌舞伎座、帝国劇場では奈落を支配人に案内してもらった。

後の話になるが、女優を紹介してくれたプロデューサーが言うのに、昭和の時代、夜の女人たち、お人好しで男に尽くすのが結構いたが、生きてゆく社会の冷酷さから女優はそんな甘い考えでは世渡りができないと、若い頃から接触のあった幾多の芸能人を見ての言葉。

船に何度か行ったと報告していたのか友人から手紙が来ていて、あまり深入りしないようにと簡単に書いてあった。時には、昔挿絵を描いてもらった横浜在住の柳原良平さんや支店の何人かの中に入ってお酌をし、飲み、普通船員の食堂に降りていって若い乗組員たちとおしゃべりして、化粧も薄くして女優らしさを消した人と、深い関係にはなっていない。名の売れた女に積極的な物言いはいつまで経ってもできないまま、会う日が重なっていた。

誘われて、ふたり甲板に並んで、女が遠くへ行きたいと言うのを虚ろに聞く。汚れた部分を抱えた境遇から抜けて出たいと海を眺めていて思ったのだろうと、いなくなってから思う。

何度やって来たのか覚えてはいないが、友人に言われてからのある日、もう夕刻になって送ってゆくつもりでいると、机の上に何やら招待券を二枚並べた。一諸に行く人はいないと言って机の下を見ている。高名さを捨てた仕草に高ぶる気持ちが打ち寄せたが、相手の中に入ってゆくまでにはならない。身のほどをわきまえなければならない、世界の違う存在。

街に出て黙って飲み、果てて、「もう帰る?」と声をかけタクシーを呼ぶ。

誘って断られたこと、夜道を帰されたことに、何か察して、彼女は二度と来ないだろうと思いながら暗い車の中に目をやり、未練の思いで船に帰る。

休暇で家に長くいたとき、友人が遥々やって来たので会って飲む。

彼女の男というのはどんな人間だったんだと聞く。

答えないで、どこかの料亭に誘われた話をした。花札の賭博をやっていて、そこに男がいて、違う女の噂を聞いて当てつけに友人を連れていったらしい。手入れに備えて裏から他所へ抜ける道があると女に聞いたと言う。

酔いが回って相手が言った。ここに舞台があるだろう、(目の高さで腕を横にして)この下で泥にまみれてもそれが肥やしになって、きれいさっぱりとここに上がるんだと、腕の上を指差した。酔っても芸術を志した人間の背筋が寒くなるような仕草。

帝国劇場、幕が下りる寸前、舞台の中央で立派な立ち姿になり、最後の台詞が広がっていったのを思い出しながら、暗い思いが広がる。

あれから何年、夢の中で多摩川の向こう岸にいたのは、もう死んでしまった彼女だったに違いないと思う。河を渡ってそっちへは二度と行かないよと言っていたのではなくて、もう死んでしまっているのだから早く渡っておいでと言っていたのか。

そうはいかない、家族ともう少し生きていきます。

デッキカーゴ

北朝鮮が核実験を行った結果、対抗処置として日本政府は船舶の出入禁止を決め、最後の同国の船舶が何よりも大事そうに中古自転車を甲板に山積みにして、舞鶴、境港などの裏日本の各港から出帆していった。新聞に載った写真をよく見ると、幅を開けて固縛用のロープが掛けられ、舷側まで積み上げられている。船首と船尾の、岸壁と船をつないでいるロープを外して出港した後、どうやって真ん中の居住区に帰ってきたのか考えさせられる。頂上の自転車を踏んでくれば穴にはまる。舷側のブルワーク（柵）の外に出、たどって蟹のように横歩きして帰還するより方法は無かったと思う。

水先人になって、直径の大きい丸太材を甲板に船橋の高さくらいまで積んだ船に当たると、まずがっかりした。荒海で大揺れするパイロットボートから、船体の上に山のように垂直に積み上げられた材木の山頂を仰ぎ見、縄梯子に取り付き、やおら根性を決め、老骨に鞭打ってロッククライミングを始める。一段ずつ何万円、何万円と勘定しながら昇っていくとけなす陸の人もあるが、何も船長、言うこと機関長と、責任さえ全うできれば動く必要なしと鷹揚に構え、身体を鍛えて来なかった第二の人生の老骨には、無くても惜しまれぬ命が掛かる。落ちれば厳寒の冬なら三十分くらいで昇天、さもなくば船側を流れ本船のスクリューに巻き込まれ身体を分断される。金勘定する暇などない、必死である（こういうのを昔は必死モンキーと言った）。

船長時代、豪州メルボルンの港。南半球の冬のシーズンは湾内が時化るので、初めての試みとして水先人がヘリコプターで飛来、デッキに何段も積まれたコンテナの上に降りた。水先人は普段鍛えているからよろめきながらも歩きはじめたが、映像を撮るべく付随してやって来たカメラマン、乗組みに助けてもらって大きな機材をコンテナの上に降ろしたものの、船体の揺れに立ち上がれない。入港して夕刻、テレビになんとかものになった映像が写っていたが、あまりに危険でヘリコプターで乗船するのは取り止めとなった。

幸い薄き北朝鮮人諸氏はブルワークにつかまって舷外を蟹歩きして戻ったのだろうが、それで思い出した話あり。

巨大タンカーに乗船してペルシャ湾から帰途、シンガポール海峡でドクターがブルワークの外に出てしまった。船が大きいから外板とのあいだに二十センチほどの幅がある。右左に移動しながらブリッジを見上げる。潮が速い上に浅瀬が散在する海峡の通過だから、船長（私）はそこにいて操船をしている。

船医にはいろいろの人がいる。何らかの理由で病院からはみ出た人、仕事に幻滅した人、流行らない内科医、遊びで何航海か乗船して世界を巡るのが終わると止めてゆく荒っぽい外科医など。彼はそのいずれでもない（誤解があってはいけないから書いておくが、現今の客船の船医は正式な社員である）。

毎朝、白衣に着替え鞄を提げて、わずかな距離を歩いて病室に行く。何人かに薬を渡すだけで、暇になるとソファーにひっくり返ってハーモニカを吹いている。少々変だとみんな気がついて、サロンで食事のとき話しかけるよう毎日努力するが、夜中にサロンの椅子の足を何本かへし折ってしまった。

それでも何とか無事にここまで来たが、困ったことになったと見下ろすだけで手の出しようが無い。海に落ちてしまうと、長さ三百メートル、十三メートル近く水に沈んでいる船を回頭するのは不可能だから、見上げている目を見つめて、時間が過ぎる。戻るように合図しても、飛び込んでしまえと怒鳴ってもおしまいになりそうだと、じっと眺めているうちに戻る。言葉は通じないと思い、そっとしておいて、日本に帰りしだい迎えを依頼する電報を打つ。

北朝鮮の船とは関係のないお話になったが、岸壁で取材に来ていたテレビのスタッフに話しかけられ、手を動かしながら振り返っていた若い乗組員の暗い表情に、環境さえ良ければ溌剌と暮らせるのにと、切なく思えた。

乗り遅れ

振り返ってみると、どうもお節介なところがあって、自分のことだけきちっとやっていればいいのに、あれこれ動いて、そつのない優等生に比べると多分にがさつに見えたのではないかと思う。しかし、それで何人かのひとの人生をいい方に持っていってあげた結果もあるから納得するべきだろう。

船では、出帆に間に合わない、いわゆる乗り遅れは、いかなる理由にせよクビである。陸で暮らしていれば、待ち合わせ時間に少々遅れても謝ってすぐ忘れてもらえるだろうし、通勤時の乗り物のトラブルだったら遅延の証明書を会社に持っていけば済むことだが、謝っても証書を持っていっても、もう船はいない。初めに決めた時間に出るのが昔からの習慣みたいになっている。

三等航海士、一等航海士時代と、船長になってからと三度、遅れたのを助けようとした。

もっとも船長は自分の意思でやれるから問題外だが、三等航海士の身分で上に隠して拾い上げるのは、こちらの身分にもかかわるおそれがあるから、覚悟してかからないといけない。

大阪港、三等航海士。

東の街の方から西へ路を海に突き当たった岸壁に停泊していた。出帆の時間が迫って、一つ下の舷門近くで本船の甲板長と支店から見送りに来た同職と二人、見通しが良くてずっと先まで見える路の遠くを心配そうに眺めて、無言で落ち着かない風情。手が空いていたから下りていって、どうしたんだと年配者のどちらにでもなく聞く。

「××がまだ帰ってこないんです……」

と本船の甲板長。三人とも黙って街の方を見ながら思案に耽る。

一等航海士に報告すれば、黙っていれば自分の責任になるから船長に伝える。三十分くらいは待ってくれるだろうが、そこで切り捨てになる。若くて溌剌としていた兄ちゃんの前途をへし折ってしまうわけにはいかない。重い気持ちを持ち上げ、俺が責任を取るからと最初に言って、躊躇は捨てて段取りを二人に告げる。

もう船が動き出していたら岸壁の入り口で本人を止めること。走ってくれれば遅れたのがばれるから大手を拡げて止めろ。次の港の横浜まで陸行し、着いたら電話で会社に停泊場所を聞き、どこにも寄らずに復船すること。甲板長は甲板部全員に硬く口止めを徹底すること。それでないと三等航海士の首が飛ぶ。

無事に済んで、甲板部総員がしばらくのあいだ尊敬してくれたが、当の本人、どんな顔をしていたかは思い出せない。上のほうは気がついていて見過ごしてくれたのかどうかはわからない。

門司港、一等航海士。

最近、レトロの門司港駅の写真と記事が新聞に出ていたが、駅名に相応しく昔の外国航路や引揚船が着いた桟橋は道を隔ててすぐ駅裏にあった。南アメリカ行きの船でそこに着いた。駅のホームには当時まだ蒸気機関車が気動車に混じって白く蒸気を吹き出していた。

出港の前夜、支店長に招待されて船長とともに料亭に行く。帰る段になって女将が一緒に出ると言う。顔馴染で、次の行く先も彼女にはわかっていて、向こうで自分もくつろぐ算段か、少しは酔いを見せて車に乗り込んだ。

バーの前に着いて、そろって出ようとすると、「降りないで」と低い声で言って膝を押さえている。そうはいかないと咄嗟に判断して降りる。降りないのかと支店長が女に言ったが、送ってきたという風に会釈して帰っていった。中に入りながら、たちまち複雑に不安が広がる。

もっと話をしたかっただけかもしれない。一流の店で土地の名士、プライドを傷つけられた思いを当分持ち続けるに違いない。しかし支店長の顔を潰し、街の噂になるようなことはできないと、世間知らず、大げさに考えていた。

もうあの店に行くことはできない。乗り遅れるわけにはいかないが、居残って弁解に行っても受け付けはしなかっただろうが、日本を離れても思いは尽きなかった。

小生の代わりに乗り遅れたのは中年の操機員。あまり接触する機会は無かったが、無口で活気の無い孤独な人だった。今みたいに簡単にフリーターになって世間をさまよえる時代ではなかった。何十分船は待ってくれるか、彼は自分の運命を、生きがいの感じられない職場を捨てるかどうか試しているに違いないという確信みたいなものがあった。

代理店に、岸壁にボートを待機させるよう要請し、船長には海峡を西へ抜けるまでスピードを落として航行するようお願いする。

六連島近くまで来てもボートは追って来ず、あきらめて、船長と水先人に謝罪する。事はすべて上手くいかず、二人の男女への未練を残してまた海に出た。

もう一人、船長時代、船に来た家族を見送りに行って、赤ん坊かわいさに車中にいる間に新幹線の列車のドアが閉まり、徳山から広島まで動転の気持ちを抱えて運ばれてゆく運命になった中年の操機手がいた。

車掌さんに頼んで何とか代理店に連絡、船にまで通知が来た。次の船の予定は変えられないから、岸壁を離れて沖に出て錨泊する。

日が暮れて暗くなった彼方から、ボートの灯火と蹴立てる波に押し分けられる夜光虫の輝きが見えてきて、錨を捲き始める。

タラップを昇ってきて、舷門で船橋を見上げて最敬礼。いい顔だ。送ってきた代理店の兄さん、うれしそうに下りてゆく。

「俺も遅れたら待ってもらうぜ」、暗闇で小さくほざいているのがいる。度胸があったらやってみろ。

前進全速。船が身震いをして動き出す。明るい月夜。幸福感が海に広がる。

別れ

世界各地からやって来る船舶が、日本船もそうだが、コンテナ化されて大型になり、港は新しく埠頭を毎年沖に広げたから、船から街まで世界中どこの港でも遠くなってしまった。ヨーロッパでもアントワープ、ロッテルダム、マルセイユほか、短い停泊時間では買い物にも行けない遠い川下か郊外の新しいコンテナバースに追いやられている。ロンドンのテームズ川はもう現代の大型船を受け入れられなくて、すべてサザンプトンに行く。

神戸港だとポートアイランド、六甲アイランドが無かった小生三等航海士の時代、欧州航路は第八突堤、北米航路ほかは第四突堤から出帆した。

亡くなったフランス文学者の辻邦生さんが一九五七年、留学のため横浜から乗船して第四突堤に停泊したときの様子を書いておられる。

「倉庫の建物と船側の狭い路地に玩具、絹の布、象牙や竹細工、絵葉書、双眼鏡などを売る露店が並び（中略）風が激しく船体に吹きつけ、波しぶきが波止場の上に霧になって散った。

暫らくの間、宵闇の中に紅いスカートの女が立っていて風が洋服をはためかせて、うねった尻の線を裸のように浮びあがらせた」

彼が乗ったのはフランス船だとあるからMMラインの白い船、ラオスか、カンボジヤだろう。船底の四等船客。ヨーロッパに行くのに他に日本郵船、大阪商船の貨物船と、イギリスのブルーファンネルの貨客船があり、どちらかの埠頭に着いた。露店が並ぶのは外国船のときだけで、日本船では船客は十二人以下だったから、それと当時は留学目的の地味な人しか乗らなかったから、華やかな見送り風景にはならなかった。

街から近かったから、朝、人気の無い時間に、安手の居酒屋の子は払いが安いから来ないが、まだクラブと呼ばれる店がなくバーが高級だった時代、そこの女子が自分で漬けたと言って漬物を持ってきたりしたが、乗組員の家族が見送りにきたのを目撃する機会はほとんど無かった。みっともない別れの風情を見せたくなかったからである。

子供が小さかった頃、ポートタワーの上から船を指差し、あれがパパの船だよと言ったのを、子供が黙って長いあいだ見つめていたのを昨日のことのように思い出す。

しかし贅沢なことを書いているとの思いあり。硫黄島総指揮官・栗林忠道氏のことを書いた『散るぞ悲しき』（梯久美子）を読めば、古い言葉だが万感胸に迫り、下らぬことを書くなと言われそうだ。

出征する栗林中将に、大泣きして父を困らせたのは九歳の長女たか子。普段は副官が車で迎えに来る思い出の玄関で、死地に赴こうとしていることなど知るはずのない幼い娘がその日いつまでも座り込んで泣いていた。父は任地から何度も手紙を書く。

「たこちゃん、元気ですか？

お父さんが出発の時、お母さんと二人で御門に立って見送ってくれた姿が、はっきり見える気がします。（中略）

からだを丈夫にし、勉強もし、お母さんの言いつけをよく守り、お父さんに安心させるようにして下さい」

「お父さんは面白いゆめを見ました。（中略）たこちゃんはほっぺたをふくらしてスパスパおちちを飲んで、とてもうれしそうにしていました」

軍人の手紙や遺書は立場上、淡々として、万感胸に秘め簡潔だが、この手紙を書き、やがて玉砕する指揮官は人知れず涙を流したに違いない。多くの社会人が親を、妻子を思い、死地に赴いた。航海の三か月の別れなど贅沢な話だが、帰りの電車の中で暗くなった外を眺めながら、小さい子供が涙ぐんでいたと手紙が来ると、親も涙が流れた。幸福な時代にいた。

大学を出たのもいた、今では想像もつかない、バーの女の子の情と親切心を若い船乗りはベッドで噛みしめて航海を続け、所帯持ちはいつか帰る家路を思ったのは、昔の話。

今、停泊の場所は先に書いたように遠く、コンテナ船、石油、液化ガスの専用船しかなく、船を訪れるのは船会社と荷役関係の少人数の人たちだけで、「別れ」はなくなった。

乾いた風景の中で船は孤独に国を出てゆく。

街の殺風景が海辺まで来ている。

水先業務

ノルウェーの人口は四国を含まない日本と同じ面積の土地に四百五十万人、東京二十三区の人口の半分に過ぎない。国名には「北方の国」の他に「北に行く水路」の意味もあるという。民度に優れ、政治や経済での世界への貢献度も高い。また芸術にも優れ、作家にはイプセン、ビョルンソン、画家のムンク、作曲家ではグリーク、そちらには関係ないが船乗りにはアムゼン、ヘイエルダール、ナンセンがいる。

第二次世界大戦の際、ドイツのUボート（潜水艦）には二十から二十五歳の若い艦長がいたが、この国では日本と同じように六・三・三制の後、大学を経て高級船員になる。海事関係産業に従事している人口は八万人、総労働人口の四パーセントを占める。因みに日本の外航船員はすでに三千人を割り込み、あと十年すれば消えてなくなるとの説があるが、この国には一万五千人いる。海事立国の所以に他ならない。

余分なことだが、ドイツでは船員数一万二千人、そのうち八千人が高級船員、他に約二万人の非欧州人を雇用している。

在職中の何年か前、日本に一番よくやって来たのがノルウェーの船とデンマーク、アメリカ、オーストラリア、イスラエル、韓国の船だったが、今は船籍や乗組員を他国に移し、雑多混じって、どこの国の船かわからないらしい。

主要港に出入するには世界中どこの国でも水先案内人を乗船させ運航を委託することになっているが、事故が起これば責任は船長が負わねばならない。安心するか、いらいらするか、パイロットの背中に船長の思いが被さる。

ピカピカの新造韓国船の若い船長ほど自意識過剰で威張ってはいなかったが、バイキングの後裔たち、何度も運航に難癖をつけてきた。そのせいで彼らへの思いが未だに残っていて、最初にノルウェーの船員の事情を書いたのだが、海運の後進国の人間に指揮を委ねるのが癪だったに違いない。以下の通り。

本船がスピードを落としているのに水先人の来るのが遅い。

本船より後から着いた船になぜ先に行くのか。

走り出して前方で漁船がウロウロしていれば、構わないから轢いてしまえという。

戦争が終わったばかりの頃、アメリカの軍用船の船長、避航はするが怒り心頭に発して船橋にある椅子や道具を高みから漁船めがけて放り投げて怒鳴っていたというが、今や穏やかな人ばかりだ。しかし、なかには勇敢に突っ込んでいく人もいて、責任はそっちにあるのだから勝手にやらしておけばいいようなものだが、落ち着いてはおれない。間に合わないと思う束の間に小船も避けるが、以前、水先人が乗らない船でよく轢き殺された記事を見たのは、阿吽の呼吸が合わなかったのだろう（誤解があってはいけないから付け加えるが、漁労中は本船が避けなければいけない）。

話は変わるが、気分良く働けるのが朝早くやってくるＬＮＧ（液化天然ガス）を積んだ八万トンを越すアメリカの大型船。月に何隻か出入する。モーニング・コーヒーと一緒に朝焼いた何種類ものパンを出してくれ、全員愛想が良い。

たまに来るインド船、ギリシャ船も待ち遠しかった。カレー、紅茶（安価な材料でも湯加減でいい味が出る）とグリーク・コーヒーの味が忘れられない。船内に入ると食味によるその国特有の匂いがした。北欧の船の乾いた香辛料の香り、インド煙草の匂い、中国船の線香の香り。日本の味噌汁の匂いは世界中どこの港でも嫌悪された。

もっとも馴染んだのが親日家の多いオーストラリアの船長たち。街に連れ立って出て、何人かの陽気なひとたちとの交友が続いた。

遠慮して親しく口をきくことはなかったが、女性の進出も、以前はロシア船だけだったが増えてきている。ノルウェーほか北欧の船の航海士、商船学校の後輩に当たる「飛鳥」の二等航海士、中国船の船長。昔カリブ海で活躍した海賊船の女船長まではいかないが、女性の活躍の場が海に広がっている。

男たちの中に一人いる気持ちの窮屈さはどんなものなのかと船橋で振り返って見ても、潮風に曝されて、もう逞しい船乗りだ。

幻の船

阿川弘之さんのエッセイの文章をお借りして、客船の話を書きたいと思う。ご存知のように氏は阿川佐和子さんのお父さんであり、志賀直哉の一の弟子である。師匠や大谷崎、下って野坂、吉行、渡辺の諸氏のごとく女好きではなく、提督の名に相応しい人格者、もう少し頑なになれば百閒さんまで行ってしまうが、まだ大丈夫のようである。

もう亡くなられたが日本郵船の会長であった宮岡氏と「クリスタルハーモニー」の初めての航海に乗り合わされ、建造に至る話を聞かれた（自慢をすれば、小生この船をドックから回航するのに最初の水先人として乗船した。船会社の古い友人が出帆のとき、「さらだから当てんといてくれなあ」と言うから、何をぬかすと言ったのを覚えている）。

郵船にはN、Y、Kの頭文字を一つずつとった最後の優秀客船、新田丸、八幡丸、春日丸があったが、みな航空母艦に改装されて、敗戦時までに海底に消え、氷川丸だけが残った。敗戦の年に駆逐艦「響」の航海士だった宮岡さんは、真っ白に塗装した、おとぎ話の汽船のようにそのとき見えた氷川丸に燃料の補給を受けるため「響」が接舷、熱い湯のあふれる風呂に入れてもらい、フルコースの洋食をごちそうになった。そして、氷川丸を上回るような美しい立派な客船をいつかつくってみたいという夢を持ってNYKに入社されたという。

宮岡さんは若い頃ロンドンの支店にいて、船が着くとメスルームの若手職員を車に乗せて名所見物に連れていってくれた。後年社長になられてから、何十年ぶりに柳原良平さんの海洋文学賞受賞パーティーでお目にかかった。油絵を描かれ、社長になっても気さくにみんなに接しておられた。

敬愛する提督のお話も少し。先生の著書は小説、エッセイ、ほとんど読んでいる。自分で書いておられるから確かなことだが、麻雀、花札、ブラックジャックと勝負事が大好きで、吉行淳之介とは三日にあげず座布団を間に対峙して罵り合いながらコイコイ（花札）の手合わせに明け暮れ、お嬢さんが石垣から落ちて頭に大怪我をしたときも吉行氏と合戦中だったと書いておられる。厳格なる文章を書かれる一方、かくも勝負ごとに二人で接しておられたタイジン、さすがに元海軍で豪快だ。

話が変わる。郵船では先に述べた三隻の後、二隻の豪華客船の建造に取りかかっていた。出雲丸と橿原丸である。建造中に戦争が激しくなり、この二隻は船体の下部だけ残して航空母艦に改装される。沈没。青写真だけが残って幻の船になる。

神戸に大沢浩之さんという船の模型をつくっている有名な方がおられて、紹介されてお話をうかがっているうちに、建造されなかった二隻の設計図を持っておられるのがわかって、お願いして「幻の船」をつくっていただいた。写真を見てほしいのでこの文章を書きました。船体の喫水線から下が見えないようにして見てください。この世に姿を現すことのできなかった幻の船、夕闇の彼方に沈んだ自分を探しに行くように見えます。

トラウマ

一年に一度、一か月の有給休暇があって陸に上がってくるが、どこの土地にも定着するわけでないから、ガールフレンドはおろかボーイフレンドもいない。上品だったからパチンコも喧嘩もしない。家の中で、あるいは外で、独りで飲んでみてもつまらないからそれもしない。

しかたなく図書館に行って本を読んでいた。何年くらい続けたのか覚えていないが、貸し出しの係にきれいな女人がいて、ある日、帰る段になって川岸を歩きはじめると前を歩いている。これは何としてもガールフレンドにせねばならぬとの思いが突如湧いてきて追いかけ、途中は省略するが旬日を経ずして初めてのディアフレンドとなる。毎航海フランスあたりから日本にない評論集など買って来、彼女はいい本を取っておいてくれた。

船乗りなんて家にいないから嫌だと、そんな台詞を言ったのを覚えているが、手も握らないうちに幼なじみの大学の助手と結婚する。何年かして偶然近くに引っ越してきて、旦那は助教授から教授にまでなったが早死にする。マナスルに登攀隊長で登ったりして名士だった。云十年、たまには来て飲んだが、旦那が死んでから嫁さんは期する思いがあったのか来なくなった。駅に行く途中に彼女の住むマンションがあって、偶然出会えれば駅近くの喫茶店でおしゃべりする程度の付き合いが残る。

さて、なぜ四、五十年昔からの古い女人の話など持ち出したか。

「船に乗っていて人との付き合いが少ないから、あなたは会話ができない」

若い頃から会うたびにそう言った。だから自分の友人、お互い一人旅で知りあった女性バイオリニストや病院の部長、紹介してもいいのだけれども、（自分が）恥をかくから旦那の方にすると、わざわざ言いに来る。

結局その言い草が生来のトラウマになって、どうやら逢う前からあれやこれやと相手のことを気に病んで、時間はともかく、場所の段取りをちゃんとしないから、行き違いになって逢えない結果になってしまう。思い返してみて、ほとんど失敗している。

松山善三さんに駅のどこかでと言ったら、そんな待ち合わせはしたことがないと笑われ、ホテルのロビーを指定されたときだけ成功したが、オーストラリアの船長と地下鉄の駅で待ち合わせたとき、ＮＨＫのディレクターの女の子と百貨店の入り口でのとき、そのほか大勢、細かいことを決めないのでことごとく失敗している。

年を経て、いい歳になってプロデューサーでいる昔の子に「なあおい、何人ぐらい彼氏いたんだ」と聞くと、四、五人、ろくなのはいなかったと、つまらなさそうに言う。あのとき逢っていればそんな会話はできなかったろうと思うが、久世さんの残した本など読むと、こちら、きれい過ぎた人生だったと、年月を思うや切。

コンテナ船になる以前、貨物船はそれより小さく速力も遅かったから、インド洋で晴天の凪の日に往復の船が出会うときは、何時間も前から無線でお互いの位置を確かめ、近距離ですれ違うようにした。西へ行く船はマラッカ海峡を抜けるとセイロン島（現スリランカ）の南端に針路を向ける。反対に紅海を出て東行する船も同じ地点に向針するから、インド洋では南シナ海や両大洋と違ってよく近くで行き会うことになる。

同じ会社の船同士の話だが、序列の下の船長の船が左側に位置し針路を維持する。上の人が右側から接近する。大胆な船長はテレビで見る洋上補油の両船の間隔くらいまで接近するが、反対方向に走っていて危険だから、下役はあまりにも無謀なのが来るとドンドン左に逃げて行く。ほんの何秒かの出会いだが、汽笛を鳴らし、いろんな旗を船橋で振って、互いの安航を祈る。退屈な日々のなかでのわずかな楽しみ。

今や船は大きく速く忙しく、スケジュールに追われて、人情など打ち捨てて走っていて、出会いを求める心情など誰にもさらさらない。

どうやら、人に逢う努力を、現今の船のように、していなかったように思う。

最近、海洋関係の集まりに出かけて逢った仲間たち、みんな僕と同じように引っ込み思案で、おしゃべりが少なく下手だ。昔の彼女の言い草は船乗りすべてに当てはまるのではないかとも思えた。

もっと積極的に人に逢って来ていればどんな楽しみがあったろうかと思うが、もう遅い。

さっき書いた久世光彦さん。やりたい放題やり、惜しまれて旅立った。多くの人と積極的に交わり、幸福な人生だったろうと思う。うらやましい限りだが、長年の生活から身についた習慣か気分によって決めて来た他人との触れ合いの在り方、いまさら変わりようも無い。

壊れかけた日本に

野良犬に負けるな

北方四島海域の貝殻島付近でロシア国境警備庁に日本のカニかご漁船が拿捕され、銃撃を受けて一人死亡、三人が怪我をしたと夕刊が報じている。日本側はわが国の領海内で到底容認できないと言い、当時現場付近は濃い霧だったからはっきりしないらしい。しかし相手がアメリカの、いや中国の漁船だったら、人を殺しにかかるかね。北海道にカニの水揚げにくるロシアの漁船に乗っている野良犬みたいな犬でも、甲板から咬んでやろうかと言わんばかりの面を日本人に向けて吠える。国境警備艇による日本漁船への銃撃は一九五〇年三月以降、四十件に上るという。そのうち近隣の方々も、この銃が見えぬかと、不良外人のみならず、お出ましになるだろう。強い国だった日本が懐かしいと言いたいところだが、あのころ威張っていたやつらを思い出すと、いまのほうがいいのかも知れない。とはいえ、みなさまに謝ってばかりいないで、もう少し威厳のある国になってほしいものだ。

闘鶏記

家の近くの道を時間をおいて爆音を立ててオートバイが今日も走る。一台でやっているから、はぐれ暴走族か、いや集団暴走の前触れか。いつも一人で走っているから深遠なる思索者かも知れぬ。さもあらばあれ、出ていって棒切れでかっ飛ばしてやりたいと、爆音が轟いてきて家の前を過ぎていって、音が遠くなるまで、気持ちが急激に高まって、いざっと腰を上げかけるが、若くないから返り討ちにあうのが関の山だろうと座り直す。

以前、新聞記者の人が湘南地方のどこかでそいつら集団に文句を言いに行って殺された記事を見たことがある。

相手がひとりなら何とかなるのではないかと、深夜爆音で目が覚めたときなどは報復の手段を思案しはじめるともう眠れない。上から下まで黒装束、顔も覆面、過ぎかかるのを暗闇から突如と出て、木刀でばっさり切りかかる——颯爽たる我が勇姿を想像してみるが、無理だ。だが舐めてはいけない、昔は颯爽としていた話をこれも少し。

村の丘の上に小学校だけがあって周りは薯畑。それを潰して四十軒余りの家が建ち、住人のひとりとなる。運動場の片隅に鳥小屋があって、雄鶏が急に一時期、早いときは朝の三時頃から時の声をあげるようになって長く続いた。

鶏小屋すぐ下の家の奥さんに、うるさくて寝られないのではないかと、無理強いして家人に聞きにやらせたところ、気にならないとの返事。夫婦ともども耳が遠いのか、夜ふかしが過ぎるのであろう。

海の上で暮らしている人間には、ふだん聞きなれない娑婆の音はどうも気になる。小屋をのぞきにいった。そばまで行くと四、五羽の雌鶏を従えたボスが金網まで寄って威嚇を始めた。小屋から離れない限りやっている。

家に引き返し物干し竿を携え、飼い犬のコッカースパニエルを引き連れ、態度の生意気な憎き雄鶏に今一度会いにいく。こちらを発見すると初めから喧嘩腰、金網に飛びげりを繰り返す。さればと竿を突っ込んでかき回す。愛犬は止めた方がいいという目付きだが止められない。少々どこからか血を流しているので判定勝ちを意識して、帰って来て嫁さんに報告。みっともないことは止めろ、気が変だと思われる、などなど。今なら二つの大罪を犯したことになるようです。

話は戻る。他に手段は無いものか。暗がりならわからない。路を横切って綱を張っておく。バタ公が通り過ぎるとき、ぱっと引き上げる。これは大怪我になるかもしれない。昔々、西部劇の映画でそうやって走ってくる馬を引っくり返すのを見た。油を撒くか、バナナの皮ではどうだ。他の車に迷惑でダメ。万策つきる。

話をもう少し大きなところに持っていってみよう。日本ではパトカーが暴走族のしんがりについて、やさしく「止まりなさい」と呼びかけるが、相手は後ろのがライトを振って遊び心を満喫している。

アメリカや北欧の国では体当たりして歩道までふっ飛ばす。大型船が航行する河でレジャーボートがうろうろしていると、水上警察かコーストガードの警備艇が、傾こうが容赦なく岸辺まで押しまくってゆく。

瀬戸内海では外航の大きな船は、そこ以外を通ると浅くて座礁しかねないから、先導の警戒船が前方について航路を航行するのだが、時に漁船の群れが途中を占領している。通行船と漁船の双方に海上衝突予防法にかかる権利と義務があるが、おおむね漁船のほうが強くて譲らないから、気の弱い船長なら航路からはみ出して、浅いところにのし上げてしまう。

警戒船の言うことなど聞かない。海上保安庁の巡視船でやっとだから、船長の苦労は絶えない。先進国ではすべての官庁の艇が能率よく処置する。

ひとりの暴走の兄さんの話から海にまで来てしまったが、彼が走り続けている限り話は終わらないから、いい手段を思いついた。

今度あの兄さんの車が来たら、すぐにわが高級なる車を発進させて追尾する。そうして呼びかける。

「危ないから暴走は止めなさい」

何度か繰り返す。

ついに兄さんは、後から来るのは警察ではない精神異常者だと思いはじめる。あいつは突き当たってくるかも知れぬと思いはじめるだろう。そして風と共に去るに違いない。

実行に移せた暁には必ずご報告申し上げます。

げんこつ

中学生が、貧乏人とか臭いだったか、何かといじめの言葉を浴びせられ続けて自殺したとの記事があった。見るに見かねて、いじめについて一言。

親には言えず、担任の先生にはいじめられていることを知らせていたとあったが、先生がいかなる対応をしたか新聞は書いていない。担任が気持ちを込めて充分に面倒を見ていれば、自殺まで行くことは決して無かったはずだ。

いじめる子をいかに指導していくか、それを教師が決めるのに個人の権利とかそのほか世間の雑事がからんで今ほど難しい時代はないだろうと思われる。それゆえ心ならずもの処置しかできなかった先生もいるだろうが、お茶を濁す程度の手段で済ましたために最悪の結果となり、校長以下、形式的に頭を下げて終わり、日月に風化されるのを待つ。

大人から子供までも軋み合う世の中になって、親は親同士のせめぎ合い、子供の社会ではいつまでも続くいじめ。小さな子供を持つ若いお父さんお母さん、子供を守るのは決して学校でなくて親だということ、いじめる子を育てているろくでもない親が今の日本にはごまんといること、これからもそんな親がさらに育ってくることを、しかと認識しなければならない。

自分の子供が小さかった頃のお話をします。

航海に出ると約三か月は国外。帰って来て、小学校二年か三年だった長女が同級の男の子にいじめられているというのを母親から聞く。

早速出かけていって、列を組んで教室に入ろうとしている、前から知らされていた悪ガキの頭のてっぺんに拳骨を食らわす。ガキ仰天。

この時点において、僕はその子供の親が近隣の名士であれ、暴力団であれ、かまわないと思っている。それくらいの覚悟がないと親はやっていけない。教室の中から眺めていた若い先生、見ぬふりをする。怖いのが来たと思ったのか、あるいは自分が手出しをすれば問題になる、関係の無いのが悪に一発食らわすのはいいことだと思ったのかもしれない。

廊下から覗いていたのでは先生の気持ちに負担を与えかねないので、二、三日、運動場から教室を遠望する。

娘が親は船に乗っていると先生に伝えたので、教室に招き入れられ、外国の小学生の話をすることになる。

それから後、豪州航路の船に乗ってメルボルンへ行き、そこで知り合った水上警察の巡査が、住んでいたウォーターシティという小さな街の小学校に僕を連れていって、子供たちに何か日本の話をとせかされて、不十分な英語でお話をして、それが縁で娘のクラスの子供たちとオーストラリアの田舎の学校の子供たちが描いた絵を船で運んで交換を始めることができた。帰ってくるたび先生も子供たちも大喜び。最初殴りこみに来た変なおっさんは、たまに授業もして、いいおじさんになりましたとさ。

YS-11

九月三十日、鹿児島県・沖永良部島から鹿児島空港への国内定期航路線最終便のYS-11が飛んで、操縦かんを握った機長の最後のフライトになったとの新聞記事が出ていた。

この飛行機には何度かお世話になった。

函館に乗船に行くとき、津軽海峡で吹雪に遭った。機体が振動しはじめて、安全ベルトをお締めくださいとアナウンスがあり、さらにガクガクする感じになった。後部にいるはずのスチュワーデスを振り返ると、素人の顔になって座席に座り、こちらが見たものだから微笑みを見せようとするのだが顔が引きつっている。途端に吸い込まれるように機体が雲の中を落下するから、もうダメかと思ったが、すぐに立ち直った。

座っていた彼女が立ち上がって、少ない乗客に声をかけて歩く。振り返った男には威厳を見せて首を傾げ、今度は余裕のある笑顔で通り過ぎる。

四歳まで無料だと聞いていたから大阪から東京まで弟と二人、お互いの子供を連れて往復した。帰りのＹＳ、新婚の二人と当方だけの乗客だったが、富士山の上空で一周してくれ、山頂近くがすぐそばに見え、スチュワーデスが子供の横に座って話かけていたのを鮮やかに覚えている。

時代が過ぎて、混むようになってからは事務的にならざるをえず、表面だけの接客になったが、三十年、四十年昔は機長と彼女たちの人柄がすぐそばにあったような気がする。もう一人、これはＹＳではなかったが、団体旅行でヨーロッパからの帰り。このときも空いていて自由に移動できる感じだったから、誰もいない席の窓際に行って座っていると、客室乗務員の休憩所に近かったらしくパーサーだと言った人が横に来て、ご主人も操縦士でフライトしているけれども一諸には乗せてもらえないこと、一人で神戸にいて生活を愉しむ在り方など、こちらがパイロット（水先案内人）のグループとわかって、いろんなお話をしてくれた。

ＹＳ-11最後の機長、飛行中に管制官から、長い間ご苦労様でしたと無線を受け、涙ぐんだとある。着陸し、乗務員たちから花束が贈られる。このときだけは取り澄ました現代っ子のスチュワーデスでも、昔いた女人のように情に溢れ、見送ったに違いない。

船長の時代、沖に停泊して下船するとき、何度か甲板に乗組員が並んで見送ってくれたが、ほとんどは岸壁に着いてからだから人の出入りが多く、人知れず下りて来るのが普通だ。在船中の評判が悪いと、見えないところで行李を投げ落とされたりする。

大臣が任期を全うして官邸を去るときの見送りと、再選されずに公邸を去る県知事の見送りには、居並ぶ人々の気持ちに大きな落差があるはずだが顔には出さない。

下船するときの部下の態度だけが、表に出ない船長に対する考課表だ。

いちばん幸福なのが機長、それから政治家、いちばん不幸なのが船長。そんなことはどうでもいいと言われればそれまでの話。

最も書きたかったのはＹＳ－11の時代にいた心優しきステュワーデスのみなさんのこと。飛行機も、よき時代のお嬢さん、奥さんたちもいなくなる。

船旅

画家でイラストレーターの柳原良平さんの、氷川丸を背景にした写真と記事が新聞に出ていて、船旅について意見を述べておられる。

すでに三十五年あまり昔のことになるが、当時、素人が本を出すなど難しかった時代、わずかな縁を頼って挿絵を描いていただき出版に漕ぎつけた駄文集、予想外の売れ行き。「トリスを飲んでハワイへ行こう」のアンクル船長に便乗して、駄文でなくてイラストのお陰で売れているのだと我が周囲は喧々囂々。それでも少々は見直したらしかった。

マドロス共に集まられ、飲んで騒いで稿料たちまち霧散。先生に一銭のお礼もしないいま、横浜に入港するたび毎夜連れ立って飲み、長年ご迷惑をお掛け申し上げたが、嫌な顔をされた記憶が無い。良い年月を過ごさせていただいた。

「船旅はのんびりと、退屈を楽しむものなんです」に始まり、最近はそれがバスの団体旅行みたいになっていると嘆かれる。

以前に触れた車谷長吉さんのピースボートに乗船されての世界一周の旅では、老いも若きも自由奔放に自我をさらけ出して過ごしていて、眉をひそめるような行為も多くあったようだ。世間から超越した当の作家はいざ知らず、常識人には耐え難いものがあったろうと思う。

倍以上に船賃の高価な飛鳥やにっぽん丸の船客は、お互い批判の目で他人を見ながらも、紳士淑女たるべく優雅に暮らす努力に明け暮れる。ダンスの講習会ほかの稽古事、映画やショーの催し、グループでのお祭りなどが、気ぜわしく騒がしく一日を締め括ってくれる。安い船のように、内に込めた精神の葛藤はそれほど外には出さないだろうが、見知らぬ人に触れ、時に苦渋を部屋に持ち込む。

戦前の客船の時代のことは先輩たちから細々と聞くだけでわからないが、欧州航路の場合、マルセイユまでの三十五日間、何の催しも船は提供していない。人が群れることもなかった。

渡欧した文人たちのエッセイを読むと、ひとり部屋にこもって論文を書き上げ、到着後に備えての研究にいそしんでいる。

晴れた静かな日があれば、デッキに寝転び、流れる雲を、海を、そして己を眺める。柳原さんはクルージングについて、海を眺め、暇を持て余すのがだいご味だと思うが、せっかく日常から解放されて海の上にいるのに、なぜお互い不必要に関わり合うのかと、嘆いておられる。

入港したクルージング船の船長に、船客の日々の在り様を聞いたことがある。笑って答えなかったが、若い人が乗るとガムを吐き出したりして後が大変だと、それだけ言った。陸ではもっと行儀が悪くて、世界中でひんしゅくを買っているのは明白だ。

本当の船旅をしているのは人知れず航海を続けている貨物船のマドロスだけなのかもしれない。

スターバックス

コーヒー屋のスターバックスは『白鯨』の一等航海士の名前（スターバック）で、それって常識らしいと某氏から聞かされる。片脚を食いちぎられたエイハブ船長が宿敵モビーディックを追いかける海洋活劇。単なる冒険譚ではなく、神になろうとした男の悲劇と書いてあるが、若い頃、とても全部読むほどの器量が無いから斜めに読んで、鯨と死闘を繰り返す場面以外、神様、哲学、鯨油ほかの話、退屈極まりなかった。

主人公でない一等航海士、贅肉のない体を二度焼きビスケットのような皮膚がぴったり包むイケメンであって、畜生相手に復讐しようとはと船長の行動には批判的で、すべてカッコいいと、さらなる某氏の言。

戦後、船乗りになったとき、船長、一等航海士は小生のような戦中での専門学がメインの繰り上げ卒業でなく、三年間の座学、海軍生徒としての砲錬での半年、世界を巡る帆船実習の一年、さらに汽船実習と、ゆったり教育を受けた、幅広い教養を持った人たちであった。

ご覧になった方も多いと思うが、NHK放送の「ロシア 新〈罪と罰〉～追跡 警察と司法の腐敗～」という番組が最近あった。

警官は給料だけでは食べてゆけないから、でっち上げて罪を犯したようにし、賄賂を取って釈放する。罪人を決められた人数だけ検挙しないと辞めさせられるから、心ならずも食料品の入った紙袋を預からせ、不審尋問をして食料の下に隠しておいたピストルを取り出し検挙に至るが、賄賂を払えば見逃すと告げる。ドイツのテレビがそんな現場を映している。

三人の女性裁判官が上役の言う不正に従わずクビになる。復職を試みるが不可能だろうという。昔の女優グリア・ガースンに似た美人、主人が働かなくて食べてゆけないからと少々の麻薬を扱って、七年の刑を受けて護送されてゆく。二人の子供を置いて、護送車の中での空しい思いに虚脱した表情が哀れだ。大罪を犯すマフィアは一人として刑務所に入ってはいない。

ロシアの司法と警察の腐敗に敢然と挑む人たちがいる。そして次々と殺される。大統領は腐敗に気づいていないのかと言う。

エイハブ船長は征服の対象である白鯨に脚を咬み取られ、復讐のため憎悪の血をたぎらせながら神（白鯨）に突進する。絶望的で無謀な行為。体制への、現実の反逆者の勇敢さは、船長に決して劣らない。

最後、エイハブは船体に噛みついたモビーディックに撃った銛索が首に巻きつき海中に消え、ピークォド号も旋回しながら沈んでゆく。

権力に逆らい殺されるジャーナリスト。

新聞の本の広告に『中国が世界をメチャクチャにする』というのがあって
「世界各地で盗まれたマンホールの蓋がクズ鉄となって中国へ」

「油井建設の余波で起ったスーダンの住民虐殺」

などとある。輸出、輸入が拡大し、経済発展で日本を凌駕する中国だが、政府の大わらわな対策にもかかわらず、汚職や黒衣の犯罪が裏社会で続く。

拉致、ドルと煙草の偽造、麻薬と核、北朝鮮を止める手立てに世界が迷う。

日本では核の話を持ち出すだけで非難を始める人たちあり。しかし最近、上手く言いくるめる方法ありとほくそ笑む人もある。

「建前だけ言っとけばいいんだよ」

近い将来、原爆を持っている中国が東洋の盟主ということになるのだろう。日本はどの辺りでグズグズ言っているのだろうか。

やっぱり一等航海士スターバックのようにコーヒーは飲まないが、蟷螂の斧は振り上げず、明後日の方を向いているのが良いのかも知れないが、その他大勢の弱小国と一緒に海に沈む、いや灰になるのは避けられない。

荒廃した社会

皮肉なもので、新聞の同じ一面に東京国際映画祭の低調さと、新装なった大英博物館「日本ギャラリー」の内容の立派さの記事が並んでいる。

映画祭では、一九五〇年代のカイロが主舞台、二枚目半でポマードべっとり、スーツ姿で決めたスパイが王族の美女に絡む、主張も希薄なパロディ満載の娯楽作品が最高賞に選ばれ、当のフランス人監督が恥じ入る言動もあって、低調なコンペ作品に対する審査員の抗議だろうとある。

一方、大英博物館では円山応挙の大作屏風から人間国宝の陶芸家の新作品まで展示され、照明やレイアウトも一新、多くの来館者で賑っているとの記事。

仕事で世界を巡って、数少ないが見る機会のあった世界遺産の遺跡や建物に比べて、日本が登録を申請するそれら、およびすでにあるものを含めて、少々見劣りするものありと言えばお叱りが来るかもしれない。どうやら、いろんな文化的行事を並べて世界に情緒の宣伝をやっているのだが空回りして、俗なものが社会に底流しているように思うがどうだろう。

藤原正彦氏の流行の『国家の品格』によれば、過去、日本は世界で唯一の情緒と形の文明を持っていたのがアメリカ化に踊らされて国柄を忘れ、社会を荒廃させてしまった。論理だけでは破綻する。自由平等民主主義を言う声を小さくし、情緒と武士道精神を復活させ、品格のある、天才を生む国家を目指さなければならぬ。もっと深いが、だいたいそのような趣旨である。

ほとんどアメリカの植民地状態である今日、映画祭をやって存在を誇示し、文化遺産を申請し、古来の日本の品格ならぬ風格の復活を願うのに切なるものがあるが、上滑りしていて、目を転じれば汚れ切った社会は依然として泥田だ。

いじめで自殺した少年の葬式に参加した生徒たちの中に、薄ら笑いを見せてしゃべっているガキどもがいたという。

校長は保身のため、いじめはあったかもしれないが自殺の原因ではないと、汚い目を瞬く。

ローリング族、道のそばの障害者の施設の子供たちが騒音で寝られないという訴えに、こんな所に建てるのが悪いという。

壁に落書きされて、総動員で消して歩いて、また書かれて、また消してを繰り返している。なぜ書く奴を捕まえて制裁を加えないのか。

止むに止まれぬ大和魂と日本刀を腰にぶち込んで野郎どもを叩き殺しに行ってやりたいと思うが、そんなことはできない。育ちの悪い奴らに道を説いても無駄、警察も教育者も事なかれ主義なら、被害者が立ち上がるより方法は無い。

さらなる大きな暴力の、経済の犯罪に、司法や警察は手ぬるい。乱れた国家のどこに品格があるというのか。根底から国情をひっくり返す力を持った政治家は、革命でも起こらない限り出ては来ないのかもしれない。

地球の温暖化が人間の心を蝕んでいるという説がある。

新興宗教では、昔人類を滅ぼした大災害が、これだけ人間が堕落しているから必ずやってくると教える。

新聞の本の広告に『中国人の面の皮』というのが出ていた。「厚黒」の正体ともある。

風下に立たされ敵視されるからといって、ひがむことは無い。無理をして良い格好して催し物をするのも結構だが、今や三十余年昔、海から上がって来た河童が見たときよりさらに荒廃している社会、人間がもっと高い志を持てる方法は無いのものか。悪い奴らを退治してゆく手立てをもっと考えてもらえないのか。

あとがき

いい大学出身で、写真とエッセイをブログに掲載しながら美容室を経営している友人I氏、智力を持て余して他人にまでかまけて、有無を言わせず年寄りをブログに引き込んでしまった。

船乗りの話など珍しいのか、ランキングの上位に四か月あまり、落ち着きのない気持ちを抱えて居座り続けたが、今回、そこに書いた駄文をまとめ、昔々お世話になった海文堂から出版させていただくことになった。

戦時中は船舶運営会に統合されていた船会社が民営になり、やがて外国航路が始まり、戦後の荒くれが自然淘汰されていく過程で、いろいろな経験もし、気まぐれな海に心身共々翻弄される日もあったが、一流の会社にいたおかげで悔いのない海の上の年月だったと思う。

教養と常識ある先輩後輩の諸兄から、下らぬことを書いてと言われそうだが、ご勘弁願いたい。

三十年前に書いた本にはイラストレーターの柳原良平さんの挿絵がたくさん入っていて、それで売れたんだと、当時、原稿料をみんなで飲んでしまったマドロスどもがうるさかった。今回も表紙にクイーンエリザベスの華やかな絵を使わせていただいた。深くお礼を申し上げる。

出版に漕ぎ着けていただいた海文堂の岩本氏ほかの方々、ブログに引っ張り上げてくれたI氏、ありがとうございました。

【著者紹介】

堀野 良平（ほりの りょうへい）

神戸高等商船学校卒

1949 年 日本郵船株式会社入社、船長を経て

1978 年 退職後、大阪湾水先人会設立に参加

1995 年 黄綬褒章受章

1997 年 退職

ISBN978-4-303-63430-8

できれば航海日誌

2007 年 2 月 1 日 初版発行

著 者 堀野良平

検印省略

発行者 岡田吉弘

発行所 海文堂出版株式会社

本社 東京都文京区水道 2-5-4（〒112-0005）

電話 03(3815)3292 FAX 03(3815)3953

http://www.kaibundo.jp/

支社 神戸市中央区元町通 3-5-10（〒650-0022）

電話 078(331)2664

日本書籍出版協会会員・工学書協会会員・自然科学書協会会員

PRINTED IN JAPAN

印刷 田口整版／製本 小野寺製本

図書案内

見て塗って楽しむ
柳原良平の「船・12ヵ月」

柳原良平 著
A4・40頁・定価(本体1,200円+税)

アンクルトリスでおなじみの柳原良平画伯は商船三井の名誉船長でもあります。同社のホームページでパソコン用の壁紙カレンダーとして提供されて好評を得ている、季節感あふれる船の絵12枚が塗り絵になりました。1月から12月まで、いろんな船が登場します。見て、塗って、楽しんでください。

海流
—最後の移民船『ぶらじる丸』の航跡—

川島 裕 著
A5・304頁・定価(本体2,400円+税)

著者が、日本最後の移民船となった『ぶらじる丸』の船長として、運航を指揮したその最終航海の模様と、第1回日中友好青年の船として一衣帯水の東シナ海を渡った昭和の遣中船の生きた航海日誌である。

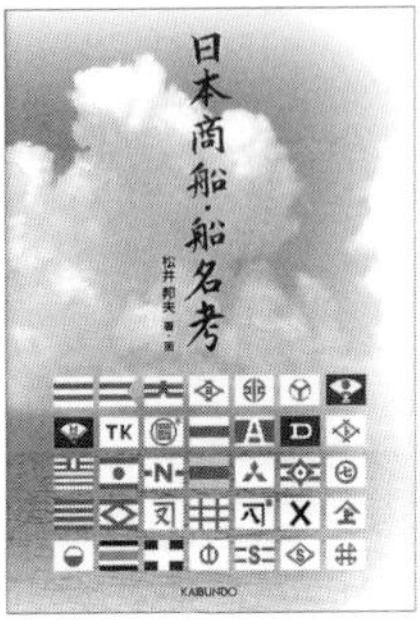

日本商船・船名考

松井邦夫 著・画
A5・368頁・定価(本体3,500円+税)

明治期から太平洋戦争中までに活躍した日本の海運会社31社を対象に、商船の船名について、その由来や由縁、命名の傾向を考究。船にまつわるエピソードも併記。また、総トン数、建造年月日・場所その他のデータの一覧表(収録船舶2000超)、著者の筆による商船の挿し絵(約100点)を掲載。